D+

dear+ novel

orionwa koiwo kataru・・・・・・・・・・・・・・・・・

オリオンは恋を語る

砂原糖子

新書館ディアプラス文庫

オリオンは恋を語る

contents

illustration : 金ひかる

オリオンは恋を語る
ORIONWA
KOIWO
KATARU

ミンタカ、アルニラム、アルニタク。

冬の星座、オリオンの三つ星の名前だ。

隣り合っているように見える星が実際は並んでなどおらず、千光年以上も遥か遠く離れていると知ったとき、まるで自分のようだと思った。

澄まし顔でみんなの隣に並んでみても、同じ世界になどいない。誇らしく袖《そで》を通したはずの制服の色や形だけが、あの頃みんなと同じだった。

今も冬になると、オリオンは夜空で三つの星を輝かせ始める。

今も、けして並ぶことのない星を。

◇◇◇

風に木立《こだち》が揺れる度《たび》、西に傾き始めた日差しがキラキラと散らされて躍《おど》る。

午前中に聳《そび》えていた入道雲はいつの間にか影形《かげかたち》もなく、木々の谷間でどこまでも高く深く続く青空は、まるで『こっちにおいでよ』と誘っているかのようだ。

——飛び込めたら、さぞかし気持ちがいいだろう。

山の緑に囲まれ仰向《あおむ》けに寝そべる吹野響《ふきのひびき》は、そんなことを思いつつ軽く目を閉じた。

頭上の青空は失せ、代わりに照らす目蓋《まぶた》越しの光。

夏の風を感じる。

音のない世界に暮らす吹野は、空気の動かない部屋で横になって目を閉じると、どこでもない空間にぽっかり浮かんでいるような気分になることがある。

内も外もない世界。ただの暗がりに漂う自分。人は想像以上に、他愛《たわい》もない音の情報で空間さえも認識している。草木をざわめかせる風の音、車の走行音。空調や家電の立てる微《かす》かな振動音、一つもなければ壁などあってないようなものだ。

けれど、今は肌を撫でる夏風の心地よさを覚える。揺れて目蓋を擽《くすぐ》る自分の前髪の感触を。少しばかり寝心地の悪い、ピクニックシート越しの地面のザラつきを。

それから、右手にずっと確かな熱を感じていた。

繋《つな》いだ男の手は大きくて温かい。

ぎゅっと強く握り合っているわけではないのに、指を一本ずつ絡めるように繋いでいるせいで体温は高く感じられる。

風に捲《めく》れそうなギンガムチェックのピクニックシートの四隅《よすみ》を押さえているのは、昼食のサンドイッチを入れてきたバスケットと二人分のスニーカー。それと黒い艶《つや》やかなヴァイオリンケース。高価の一言では括《くく》れない館原《たちはら》のストラディバリウスが、今は隅の木陰《こかげ》で重し代わりだ。

国内外を飛び回るヴァイオリニストの恋人は、昨日久しぶりに軽井沢《かるいざわ》にやって来た。二人でのんびり寝そべっているのは山の上の小さな広場で、『夏になったら行きたい』と館原が強く望んでいた場所だ。

秘密のスポットというほどではないけれど、夏場は緑深く、涼むのにちょうどいい。家からは一本道ということもあり、吹野は時々車でここへ来ていた。

——そういえば、誰かと来るのは初めてだ。

隣をそっと窺おうとしたところ、寝ているとばかり思っていた男の手がするりと離れた。

「あ、ごめん……響さん、起こした？」

急に起き上がった館原は、吹野が読話《どくわ》で唇の動きを読みやすいよう、こちらに顔を向けて言う。

吹野もべつに眠ってはいなかったけれど、説明は面倒なのでただ横に首を振った。そうする間にも、館原は手にした黒いスマートフォンを耳に押し当てる。

どうやら電話が鳴ったらしい。

聴覚障害者の吹野には、音による状況はわからないため、相手や周りの動作で感じ取ることは多々ある。表情も重要な情報の一つだ。

仕事の話なのはなんとなくわかった。

少しばかり険《けわ》しさの滲《にじ》んだ男の顔に、意識を奪われる。

渋《しぶ》っ面《つら》でも端整な横顔。祖父がドイツ人という館原は、彫《ほり》の深いシャープな目鼻立ちと長身で、一度《ひとたび》ステージに立てば息を飲むほど華麗なヴァイオリニストだ。

ソリストとしてオーケストラをバックにした際の演奏など、協奏曲の成り立ちが主役のヴァイオリニストを引き立てるための作曲であったことを思い起こさせる。それほどに圧倒的な存在感で、初めて動く彼をテレビのクラシック番組で見かけたときは呼吸を忘れた。

息苦しさに胸を押さえた。

——そんな思い出話は、たぶんこれからもすることはないけれど。

電話が終わる気配にさり気なく目を逸《そ》らすと、途端に長い腕が腰に絡《から》みついてくる。

「はぁ、疲れる〜」

堂々たる演奏の天才ヴァイオリニストは、自信家かと思えば繊細《せんさい》で、傍若無人《ぼうじゃくぶじん》な男かと思えば優しい。おまけに付き合ってみるとやけに甘かった。

今はただの甘えたがりの年下男か。

館原の張りのある黒髪をちょいちょいと引っ張り、吹野は首を傾《かし》げて見せる。

「電話、西上《にしがみ》さんからだよ。戻ってこいって。瑠音《るね》さんがいつ音合わせ入れたいって言い出すかわからないから、休みも東京にいてくれってさ」

西上はマネージャーだ。音楽プロモーターの社員で、日本での活動をサポートしている。

来月、八月下旬にピアニストの波木《なみき》瑠音とのデュオコンサートを控えているのは、吹野も知っていた。スター・ソリストの夢の共演だ。チケットは即日完売、勢いに乗って世間のクラシック界への注目を高めたいところだろう。

吹野はピクニックシートの上に放り出していたスマホを手に取った。

メモのアプリに入力した文章を見せる。

『彼女も忙しい人なんだろう?』

「忙しいし気まぐれなところもあるし、あっちのほうが年もキャリアも上だしね。だからって、いつ入るかわからない練習のために休みに自宅待機とか、冗談じゃないっての。こっちは久しぶりに響さんに会えたってのに」

不貞腐《ふてくさ》れる男は、重力に任せるようにポスッと吹野の腹の辺りに顔を埋《うず》めた。

軽井沢にいるときは、だいたいこんな調子だ。夜はもちろん、昼日中でもくっついてくることが多く、今や大きな犬にでも懐《なつ》かれた気分だ。

一言で言うと、スキンシップ過多《かた》。これが普通なのか、三十年を迎えた人生で交際というものが初めての吹野にはわからない。

時々困惑しつつも、都合よくもあった。

耳が聞こえないため、普通に声をかけられても気づけない。触れ合っていれば、ちょっと体を揺らされただけでも用があると察せられる。今はグラグラと揺さぶられて不満のほどまで窺い知れた。

「あー、ホント、昨日来たばっかかで帰るとかありえない。こんなことで俺の夏休みがなくなるとかありえないし」

駄々を捏《こ》ねる大きな犬と成り果てつつも、最終的に館原が仕事を選ぶのも、吹野にはわかっていた。

まだ二十七歳ながら、八歳でステージに立ち、十三歳でCDデビュー。以来国内外で活躍する傍《かたわ》ら、留学そして権威ある国際コンクールで優勝と、まさに音楽にすべてを捧《ささ》げていると言っても過言ではない人生だ。

どれほど天才であっても、天賦《てんぷ》の才能だけで輝ける世界ではない。超人的な努力を美しい音の向こうに感じるからこそ、聴衆《ちょうしゅう》の心はより震える。

——僕は十代の頃なにをしていただろう。

制服姿の自分が頭を過《よ》ぎりそうになった瞬間、館原がこちらを仰《あお》ぎ見た。

目が合う。吹野が首を捻《ひね》ると、返事もないまま顔は近づいてきた。

断りもなしに唇が重なる。

盗み取るようなキスをした男は、悪びれもせずに笑んで言う。

「キスしてほしそうな顔してた」

首を振って否定したところで笑うばかりの恋人に、吹野は『思ってない』とスマホでも意思表示するも意味はない。二度目のキスは少しだけ長かった。

三度目はもっとかと思いきや、ふっと離れる。

真顔に戻った館原は、吹野が読話しやすい距離で言った。

「瑠音さんとのコンサートが終わるまで、こっちにまた来れなくなる」

吹野は二、三度目を瞬《しばた》かせてからスマホに入力した。

『仕方ないね』

「はっ、さすが響さん、普通『仕方ない』ですませるか？」

本気でムッとした反応が返るも、構わずに続けた。

『帰りにホームセンターに寄るのはやめるよ。テラスのハーブが終わってしまったから、新しいの植えようと思ってたんだけど。二人分になると減りが早くて、』

「……なんの話かと思えば、食材のイヤミかよ」

『バジルはさっきのサンドイッチに使ったのが最後。だから、』

「悪かったな、俺が食ってるせいで……」

苛《いら》ついた様子の館原は、スマホの画面を脇から盗み見ながら口を挟んでいた。淡々と入力を続ける吹野の指先が上下左右にフリック入力にひらつくのを見据《みす》えていたかと思うと、ハッとなったように顔を見た。

バッとスマホを奪い取る。

『僕がとうきょうにいく』

変換途中の指の行き場がない。

「……まじで？」

驚きが想像以上で、思わず笑ってしまう。

頷きながら、手を動かした。最近は簡単な手話なら館原とやり取りする機会も増えた。

――君の練習の邪魔にならないなら。

「ジャマなんて、なるわけないだろ！　響さんが十人いたってこっちは平気だっての！」

興奮のままに叫んでから、館原は「あっ」となる。

「けど……刺繍《ししゅう》は？　本になるって話、進んでるんだろ？　響さんも忙しいんじゃ……」

吹野の刺繍作品がＳＮＳで広まり、本にしないかと出版社から声がかかったのは春の話だ。

刺繍も自分の人生そのものも、この世の暇潰《ひまつぶ》しみたいなものだと思っていただけに、認知され求められるのは正直嬉しくもあった。

ありがたい話だとは思っている。

『刺繍はどこでもできる。針と糸さえあれば』

スマホを取り戻し、吹野は返した。

「……そっか」

館原の浮かない反応に首を傾げる。

「いや、あっちは人多いから……響さん、人の多いところ苦手でこっちに越してきたんだろ？

大丈夫かなって……」

『大丈夫だよ。たまには実家にも帰ってるし、言っただろう？　大学卒業までは向こうにいたって』

「高校からは普通高校に通ってたんだっけ。すごいよな、大学だって良いとこだし。響さん、頭良いんだな。耳聞こえなくても授業についていけてたってことだろ?」

『どうかな。障害者の受け入れに積極的になってくれてたから入れたようなもので』

「謙遜《けんそん》だね」

吹野は曖昧《あいまい》な笑みで流し、微妙に話を逸らした。

『部活にも入ってたよ。部活動を推奨《すいしょう》してる高校だったから』

「へぇ、何部? 運動は苦手って言ってたし……あ、手芸的な?」

木々の谷間の深く高いばかりの青空を指差す。今は見えないものを謎かけみたいに示してから、吹野は答えた。

『天文部だよ』

全天に一等星と呼ばれる星は二十一個しかない。

強い輝きを放つ星は、地球上のすべての空にたったの二十一個。場所や季節でも限られるため、日本で一夜に見られる一等星となると僅《わず》かだ。どうりで街中で確認できる星が数えるほどしかない。

吹野の母は一等星になると信じて息子を産んだ。苦労知らずのお嬢様育ちで、自身も周りも生まれながらに輝く綺麗な星々ばかりの暮らしでは、それは至極《しごく》普通のことだっただろう。

息子の聴覚障害により、初めての挫折《ざせつ》を知ったのはきっと誰よりも母だ。ほとんど生まれながらと変わらない幼少期に病気で失聴《しっちょう》した吹野にとっては、障害は当たり前になっていたけれど、家族にとっては違った。

根が楽観的で事業家でもある逞《たくま》しい父は、生涯働かなくとも息子は生活できると割り切りも早かった。しかし、母は感情のやり場なく自身を責めた。病気の対応が悪かったせいだと、気に病み続け、息子が障害手帳を持ったろう者であることをなかなか受け入れようとしなかった。

愛情に曇《くも》りはない。

入学したろう学校で友達がたくさんできたと言ったら喜んで、ホームパーティを開いてくれた。

容姿の中性的な吹野は、子供の頃は女の子にしか見えないほどだった。けれど、儚《はかな》げな少女の見た目に反し活発で、よく笑いよく泣いた。ケンカもしたし、『ごめんなさい』をしたら、すぐに仲直りで大の仲良しになった。

そうやって親しくなったろう学校の子供たちは、生まれながらの重度の難聴者《なんちょうしゃ》で、みんなお喋《しゃべ》りだった。ホームパーティでは両手をいっぱいに動かして手話で語り合い、たまに声を出しても意味をなさない音だったりした。

部屋は静かなのにうるさい。子供たちの話についていけない。

母はみんなに手作りのデザートやジュースを振る舞いながら、どうしていいかわからないような途方に暮れた顔をしていた。

母もジェスチャーの延長線で手話を覚えていたけれど、あくまで日常生活を補佐するためのもので、母にとっての正解は健聴者《けんちょうしゃ》と同じに生きることだ。

友達を送った後、母は疲労困憊《こんぱい》の顔で言った。

『今日はお友達がたくさん来てくれて良かったわね。響ならきっと大丈夫ね、普通のお友達もたくさんできるわ』

普通。思わず漏れた本音だったのだろう。

障害をどう受け取るかは、環境によって異なる。生きづらさは必ずしも障害の程度には比例しない。

ろう者の両親の元に生まれた子供は手話を母語《ぼご》とし、極自然な言語と受け止められるけれど、九割の難聴者は聴覚が正常な両親の元に生まれる。

『普通』というものがよくわからなかった吹野は母の言葉にポカンとしていた。

学校に長く通ううちに理解した。

母語が手話の子供たちが集まる場にもかかわらず、ろう学校の教師は手話ができるとは限らない。学校では口話《こうわ》を学び、昔ながらのろう学校ほど、健聴者に限りなく近い生活を送れるようになることを重視していた。

実際、世界は聴者に合わせてできているのだから、それが合理的だ。

口の動きや話の前後の繋がりから、言葉を読み取る読話。声に出して言葉を伝える発話《はつわ》。その二つを用いた口話を、吹野は誰よりも早く覚え、上達するほどに母は喜んだ。

健聴者のようにと努力するほど、そこから離れることは失敗であると、吹野はコンプレックスを抱くようになった。


『このオープン、もしかして買ったの？』

吹野がスマホの画面を見せると、館原は「えっ」とわかりやすく顔を引き攣《つ》らせた。

急ぎ東京に戻った館原を追うように、吹野が訪ねたのは二日後だった。

時間厳守のツアーの添乗員みたいに駅の集合場所で待ってくれていた男は、車では送迎《そうげい》ドライバー、到着したマンションではホテルマンのように荷物を運んでくれ、今は住宅販売のセールスマンにでもなったかのように『お客様いかがですか？』と部屋を案内している。

都内の一人暮らしとしてはゆとりのある、２ＳＬＤＫの低層マンションだ。Ｓは二十四時間演奏可能な完全防音の部屋で、それ以外も全室が防音仕様だという。

まさに音楽家向けの物件だ。モノトーンのハイセンスな家具は館原らしく、リビングから続くルーフバルコニーは開放感もある。刺繍の作業などに好きに使っていいと与えられた部屋には、真新しいデスクがあった。ほかの家具とは少しテイストの違う、無垢材《むくざい》の触れ心地の良い机だ。

そのときは新しそうだとしか思わなかった。けれど、キッチンでピカピカのツールや、吹野の家にあるのと同じ水色のホーロー鍋のセット、料理好きでなければ不要のオーブンレンジを目にして確信へと変わった。

滞在する自分のために買い揃えたに違いない。

「いいだろ、べつに。俺だってパンくらい焼きたくなるときもある」

『君は料理はしないのに？』

「するよ。ほら」

空《から》だとばかり思っていたホーロー鍋の中には、煮込み料理が入っていた。まだ温かく、香りもいい。具材は牛すじ肉に人参《にんじん》や玉ねぎ、後はジャガイモとシンプルながら、色味が少し独特で、赤いパプリカをふんだんに使っているのかもしれない。

『シチュー？』

「グヤーシュ、ハンガリーでホームステイしたときに食べたのが美味《おい》しかったなと思って。普通の料理じゃ、響さんに敵《かな》わないからな」

『なんでもいいのに。でも美味しそう』

「じゃあ、もう昼ごはんにしようか。腹減っただろ?」

正午前には東京に着いたはずが、もうすっかり午後だ。

グヤーシュはノケドリという、すいとんみたいなハンガリー風のパスタを合わせるのが一般的ながら、作る時間がなかったと館原はバゲットを購入していた。かえってホッとした。忙しいヴァイオリニストにすいとんを捏ねさせるわけにはいかない。

アート感のあるワイヤーチェアの二人掛けのテーブルで食べ始める。

——美味しい?

手のひらで顎《あご》を撫でるような仕草の手話で訊いてくるので、手話で返した。もちろん美味しい。

館原はずっと上機嫌だ。ゴキゲンの理由はわかっているだけに、テーブル越しにチラチラと送ってくる視線がどうにもこそばゆい。

食事が終わる頃、さらなる理由を明かされた。

「実はさ、新しい仕事の話が来たんだ。十月のコンサートでシベコンを弾《ひ》かないかって」

吹野は目を瞠《みは》らせた。

シベリウスの協奏曲《コンチェルト》だ。

「年内のスケジュールはどこのフィルももう決まってるし、今年は諦めてたんだけど。帝京《ていきょう》フィルが来日予定だったヴァイオリニストの代わりを探してるって。俺が東京でやりたいの知ってたから、西上さんが連絡くれてさ」

『じゃあ、先生に聴いてもらえる?』

館原は、ずっと恩師の思い入れのある曲を弾きたがっていた。子供の頃に日本でヴァイオリンを習ったという、元指揮者の菅井定史《すがいさだふみ》だ。

高齢で引退した菅井は、今は那須《なす》で療養生活を送っている。一般的にホスピスと呼ばれる施設で、受けているのは終末期医療《ターミナルケア》だ。

館原は忙しい合間を縫《ぬ》って、時々足を運んでいた。

奇跡が起これぱいいのにと強く願わずにはいられない。菅井の病状ももちろん心配だけれど、館原のささやかな夢が叶う日が来てほしい。

「ああ、可能性が出てきた。こないだ見舞いに行ったら、先生春より顔色もよくなってて、杖《つえ》つきながらだったけど散歩に出ててびっくりしたよ。やっぱり環境の力かな!」

『那須はいいところだからね。軽井沢と同じで、夏も過ごしやすいし』

弾《はず》む館原の声を表情に感じ、吹野の頬も自然と緩《ゆる》んだ。


「弾《ひ》いてみる?」

昼食の後、リビングの壁際の美しいアップライトピアノを見つめていると館原が言った。

『まさか』と首を振る。吹野は『君』と館原を指差し、両手でピアノを弾くような動作をして見せた。

「ピアノも弾くのかって？　たまにね。作曲にも使うから。昔はヴァイオリンと並行《へいこう》して習ってたんだ」

ベンチタイプの黒い革張りの椅子を引いた館原は、ピアノの上に無造作に置いてあった譜面《ふめん》を取った。

おもむろに弾き始める。音は聞こえなくとも、鍵盤《けんばん》の上を軽やかに弾んでは走る男の指に目を奪われる。譜面に視線を送りながらも、一音も途切れることなく滑《なめ》らかに打鍵《だけん》する長い指。

動きを止めた後も、なにか考えるように館原は鍵盤を見つめた。

吹野は、そっとスマホの画面を差し出す。

『その曲は？』

「ん、瑠音さんとのコンサートで弾く予定の曲だよ。アンコールでいくつか短い曲もやる。『はかなき人生』ってオペラの一曲で、今のは瑠音さんの伴奏《ばんそう》パート。響さん、ここに座って」

隣を示され、なんだかわからないまま腰をかけた。

「ね、せっかくだしアンサンブルをやろう」

驚いて目を見開かせると、先程の鍵盤を見つめたときの眼差しが返ってきた。

「一緒に弾いてみたい」

そんな大それたことを考えていたのかと思う間もなく、「待ってて」と一方的に言い残し、館原はヴァイオリンを持ってくる。傍らに立ち、まるで先を急ぐかのように、構える動作からそのまますうっと演奏に入った。

一音目がピチカート。右の指で弾《はじ》き、弦《げん》の上を弓が跳ねるリズミカルなパッセージへ続く。一転して弓先から弓元まで使った滑らかな動きに入ったかと思えば、再び軽快な跳弓《ちょうきゅう》へ。まるで細い弦の上で早いステップを踏み、舞っているかのようだ。

随所《ずいしょ》にリズムよく入るピチカートに館原の体が揺れ、吹野を見つめる黒い双眸《そうぼう》に熱が籠《こも》る。どこか誘うような眼差し。

「響さん、どんな曲だと思う？」

『舞曲？』

「正解。Danse Espagnole。クライスラーのスペイン舞曲。曲想《きょくそう》さえわかればなんとかなるよ。伴奏を限界まで削《けず》ってシンプルにすればいい。後はこっちで適当に合わせるから」

ペンを取り、一心不乱に譜面に書き込み始める。一見雑に見えるのは、まるで迷いがないからだ。

「このテーマと、こっちのパッセージを使おう。あと……ここ、俺がピチカートを入れるところなんだけど、響さんはこのワンオクターブ上のラの音を入れてみて？　こんな感じ。じゃあ、軽く練習……」

こちらに顔を向けつつも興奮して早口になった男の唇の動きを、吹野はいくらか読めなかったけれど、その眸《ひとみ》の輝きに気を取られたせいもある。

すごい。純粋にそう思った。すごいすごいと、無邪気に拍手を贈るように心で感じるも、言葉にしなければ伝わることはない。

きっと彼が思っているよりも、ずっと自分は感情的で子供っぽい人間だ。落ち着いた大人でもなければ、本来は無口でいられるほど大人しい人間でもない。

じっと目を丸くして見つめるばかりの自分は、唖然《あぜん》として見えたらしい。

「あ……ごめん、なんか俺だけ盛り上がってる?」

吹野は首を振った。左右に。

『やろう。僕も弾いてみたい』

途端に館原の眸に少年の輝きが戻る。

男二人で座るには少しばかり狭い椅子で、ピアノの伴奏の練習を繰り返した。楽譜に残された音符は僅かだ。素人《しろうと》でもすぐに真似できる程度しか残されておらず、後はひたすらに反復で強弱をつける。

「強く、強く、そこはもっと遠慮しないで強く! 響さんがイライラしてテーブルをトントンするときのあの感じ!」

隣で館原がなにかを言っているのを感じる。視界の端に捉えただけだ。意味もわからないまま、吹野は触れ合った体を揺するように肘《ひじ》で腕を小突いた。振動《しんどう》が返ってくる。

館原が笑うので、じゃれ合ってでもいるみたいだ。

「あ、ここからは優しくして」

手本の男の指の動きが柔らかくなる。

鍵盤を優しく撫でるような軽さ。ふわりと風に乗って舞う綿毛《わたげ》のイメージ。大切な種子を運ぶ、白い冠毛《かんもう》。音に強弱をつけるというのは聞こえない身では難しいものだけれど、不思議と鍵盤に指先から気持ちを映し込める感じがした。

そもそも、べつに誰に聞かせる曲でもない。

練習も本番も境目はあってないようなもので、「そのまま弾いてて」と言われ、館原が立ち上がった。ヴァイオリンを構える気配に、吹野の背筋も伸びる。

軽く合わせて、頭から。

オペラの一幕が、一気に幼稚園のお遊戯《ゆうぎ》に変わったようなピアノ伴奏に違いない。リズムはそれなりに取れていたとしても単調な吹野のピアノに、館原はどこまでも合わせてきた。

高みへと押し上げるように、ときに手を引き導くように。ダンス・エスパニョール。空間に舞う音の響きが、静けさの中でも見える。その刹那《せつな》の輝きが、形ないきらめきが。ピチカートを入れる瞬間、館原が目配せし、吹野は慌てて『ラ』の白鍵《はっけん》を押した。

白い歯を見せて恋人は笑い、それが正解なのだとわかった。伴奏の良し悪しはどうでも、彼

にとっての正解ならそれでいい。

いつしか吹野も楽しげに笑っていた。白い歯を覗かせている自分を感じてどきりとなった。それからドキドキと。今まで大人しくしていたのが信じられないほどに鼓動が高まり、長い間忘れていたような強い高揚感。

楽しい。嬉しい。

森の木漏れ日のように、キラキラと降り注ぐ。深い静寂の森の中にいた自分に、眩《まばゆ》いばかりの光をいつも館原は与えてくれる。

「……しん、ら」

演奏の終わりに思わず声を発すると、ヴァイオリンを手にしたままの男にバッと抱きしめられた。

「やばい、響さんを抱きしめたい気分だ！」

顔を覗き込み、館原は言った。

『もう抱きしめてる』と言いたかったけれど、舌が縺《もつ》れてすぐに言葉にできない。少し考える間にも、ピアノの上に楽器を置いた男の手が動いた。

両手とも、親指と人差し指を合わせて小さな輪を作り、二つをチェーンのように絡《から》ませる。胸元から遠くへ。すっと突き出してから、今度は手のひらを下に向け、水平に重ねる。

手の甲を撫でるような動きに、鼓動は大きく鳴った。いつもの平らな場所に軟着陸《なんちゃくりく》しようとしていた心が弾み、身の内にある心臓の音を吹野は感じる。

——永遠に、愛してる。

照れもなしにそんな言葉を手話に変えてしまえる男は、ベンチに浅く腰を下ろしながら問う。

「新しく覚えた手話。どう?」

『どう?』なんて訊かれたら逆に応《こた》えづらい。

彼は何度も口にしたことのある言葉だとしても、吹野は手話でも文章でも、誰かに告げた経験はない。好きも、愛してるも。告げるかどうかを考える日が来るとも、思ったことはなかった。

吹野はスマホを腿《もも》に置き、すっと手を動かした。

「え……その手話なに?」

『SOSかな。遭難信号。もっと生活に役立ちそうな手話のほうがいいと思って。いざというときに使えるように』

「今が『いざ』だろ。大事なときだろ!」

両肩を摑んでグラグラと揺すられ、思わず噴き出すみたいな笑いが零《こぼ》れた。

「はーっ、冗談じゃないのに。いいよ、本気にしなくても。ここじゃ俺と仲良くするしかないし? この家、ベッドだって一つしかないし? 響さん、今夜寝かせてもらえないかもね」

吹野はスマホの画面の上で、鍵盤に弾ませたように楽しげに指を躍らせた。

『君がソファか床で寝るって手もあるよ？』

吹野《ふきの》の朝はいつも早い。

目覚まし時計は光と振動で知らせるタイプを使っているけれど、セットした時間よりもだいたい早く目が覚める。なので、朝日に目を抉《こ》じ開けられることも、まして人に起こされることもなかった。

——これまでは。

「響《ひびき》さん、おはよう」

コットンブランケットを抱きしめるようにして眠っていた吹野は、軽く頭に触れた手の感触と、ウッドブラインド越しの日差しに目蓋《まぶた》を起こした。

「おはよう。俺はもう出るけど、朝食作っておいたから」

ベッドの傍《かたわ》らにしゃがんだ館原《たちはら》は、すでに身支度を整えていた。薄いブルーのストライプシャツにネイビーのすっきりとしたパンツ姿で、肩にはヴァイオリンケースまで提《さ》げている。

焦《あせ》って起き上がり、枕元のスマートフォンを探そうとする吹野に笑む。

「起こしてくれたらよかったのにって？」

スマホは見つからないまま、コクコクと頷き返す。

「昨日はちょっと疲れさせたなって思って。こっち着いたばっかりなのにさ」

昼のピアノのことかと思ったけれど、立ち上がりながら頭を撫でた男の視線がするっと下りて、『あっ』となる。パジャマはどこかへ行ったまま。裸身に吹野はブランケットを引っ張り上げた。

「帰りは夜になるけど、待っててくれる?」

頷いて、手話で答えた。

——夕飯、作ってる。

「楽しみに帰るよ。じゃ、行ってきます」

館原は嬉しそうに片手を上げ、吹野も手をひらひらさせて応《こた》える。行ってきます。行ってらっしゃい。一人になった部屋で時計を見ると、もう九時になろうとしていた。

とりあえずシャワーを浴びようと腰を起こしかけ、軽い違和感を覚えた。夜更《よふ》けまで何度も深く繋《つな》がれた記憶。痕跡《こんせき》一つない肌だけが、差し込む朝日を反射するように隅々まで白い。

館原は跡を残さない。始まりは強引だったのが嘘のように優しいセックスで、気遣われているのを感じる。自分にそんな大層《たいそう》な価値はなく、体は軟弱《なんじゃく》でも女性ほどデリケートではないのにと思う。

口ではひどくからかわれたりしても、その手や唇の動きに慈《いつく》しまれているのがよくわかる。とろとろと時間をかけた愛撫に、最近は待ち切れずに自《みずか》ら腰を揺すってしまうことさえある。

求める仕草を見せると、わかりやすく嬉しそうな顔をするからまた——

朝日に焼かれたようにじわりと熱くなる頬を感じ、吹野は慌ててベッドを離れた。これ以上考えていると、変化は頬だけですまなくなってしまう。

シャワーを浴び、キッチンを確認したところ、朝食が用意されていた。普段料理をあまりしないとは思えないほど、綺麗な焼き加減のプレーンオムレツだ。基本的になんでも器用にこなせる男なのだろう。

——でも、忙しいのに。

明日は自分が作ろうと献立《こんだて》を考えながら、午前中は刺繍《ししゅう》作業をして、午後に買い出しに出かけた。事前に最寄りのスーパーの場所は聞いており、スマホで調べれば生活に便利な店の場所もだいたいわかる。

エレベーターで降りると、エントランスで住民らしき男と擦《す》れ違った。楽器ケースを引いており、コントラバスかもしれない。小柄な人ならすっぽり隠れてしまいそうな大きさのケースで、陰からヒョイと顔を出した中年男性は訝《いぶか》るような眼差しでこちらを見た。

吹野は会釈《えしゃく》をして外に出た。

歩き出してすぐに、午前中の涼しい内に行けばよかったと思った。

夏の日差しは、軽井沢《かるいざわ》ほど優しくはない。散らす木陰《こかげ》は少なく、太陽は燃え盛る音を響かせているのではないかと疑うほどだ。

実際、僅《わず》かな木々では蝉《せみ》が大合唱なのだろう。ふと緑に誘われて道沿いの公園に目を向けると、木陰で遊ぶ子供たちが歓声を上げているのが見えた。大きく開けた口元。歩道を擦れ違う学生グループも、パクパクと口を動かしお喋《しゃべ》りに忙しい。

大きな通りが近づくにつれ、行き交う人の数も車も増え、吹野はたくさんの音を見た。

吹野の内だけがいつも静かだ。夏も冬も。春夏秋冬、一年三百六十五日。

騒がしい光景と世界を違えたような無音。隙間どころか継ぎ目もないガラス容器にでも自分だけ入っているみたいだ。

でも悪いばかりでもない。難聴者《なんちょうしゃ》は重度の耳鳴りに悩まされる人も多く、それがないだけでもありがたいことだとわかっている。

左右や後方からの車や自転車に意識を払い、スーパーに辿《たど》り着いた。普段使いにはちょうどよさそうな大きさの店だ。スマホのメモを確認しつつ、カートを押して店内を回る吹野は、オーガニック野菜のコーナーで足を止めた。

スイートバジル、イタリアンパセリ、ルッコラ。ハーブ類はどれも買うよりも育てて楽しんでいたものばかりだ。プラスチックパックに密封された緑は、綺麗だけれどどことなく息苦しさを感じる。

栽培してみようかと思った。館原のマンションはバルコニーも広い。

今夜の料理に必要なハーブと、ベビーリーフのパックをカゴに入れ、その場を離れようとすると高齢の女性が傍《そば》でこちらを見ているのに気がついた。

困ったような視線に、カートが邪魔だったのかもしれないと急ぎその場を離れる。レジは数人の列ができていたものの、手際のよい男性店員が対応しており、すぐに自分の番になった。カゴからカゴへ。ほとんどこちらも見ずに、バーコードリーダー片手の男はリズムよく品を移していき、吹野がエコバッグを用意していないのに気がついたのは精算間際だった。

軽く頭を下げつつ、男の手前のレジ袋を指で示す。

吹野は笑んだけれど、男はあからさまにムッとした表情を返した。

「大きいほうですか?」

口元の動きを読み取り、頷く。すでにレジ袋が必要か訊かれていたのかもしれないと、思い当たった。

誰もが丁寧にこちらを向いて問いかけてくれるわけじゃない。耳が聞こえていないとは知らないのだから当然だ。

吹野は口を開いた。

「……す……」

途端に言葉がつかえる。『すみません』の一言が、普段話さないせいで委縮《いしゅく》してしまい声にならない。

心臓がドキドキしていた。背後に並んだ女性客の視線も痛く、精算をすませるのを優先して離れた。サッカー台で袋に入れながらレジの様子を窺うと、やはり店員は最初に声をかけているようだった。

男はもう、にこやかに新たな客の対応をしている。店員の声掛けを無視する客がきっと珍しくもないように、聴覚障害者にとってもよくある誤解だ。

車椅子も白杖《はくじょう》もない。見た目は健聴者《けんちょうしゃ》と変わりない耳の障害は、気づかれにくい。

慣れた日常のはずが、失敗に落ち込む自分がいた。

八年も暮らす軽井沢の行きつけの店では、店員とも顔馴染みになっており、中には手話まで使ってくれる店主もいる。

——当たり前に思い始めていたのか。

もしかすると、先程の高齢女性も自分になにか求めていたのかもしれない。ハーブについて訊かれたのなら、無視して去ったことになる。

そういえば、擦れ違ったマンションの住人も妙な顔をしていた。声をかけられていたのだとしたら。

吹野は、店を出る間際も気になって、ハーブコーナーで出会った客を探したけれど見当たらなかった。そもそも今更見つけてどうしようというのか。

パクパクしている。店に入ってくる人も。出て行く人も。駐車場へ向かう親子連れは笑ってすらいる。口を動かしている人はみな、なにかを喋っている人たち——たぶん。

日差しはまだ陰《かげ》る気配もない。

重たいレジ袋を手に歩き出すと、アスファルトの陽炎《かげろう》が引き潮のように遠のき、揺れる眺めにふと海を思い出した。

海を泳ぐ魚たち。パクパクと口を開けたり閉じたりする魚に、子供の頃、魚も会話するものだと思い込んでいた。

人は言葉を操《あやつ》る。

犬はワンワン、猫はニャーニャー。夏になったら蝉はミンミンと鳴く。絵本や漫画を読んで覚えた。

魚は一体どんな声で話すのだろう。

どこにも載っていなかった。

——久しぶりに思い出した。


挨拶《あいさつ》の言葉はずっと前から考えていた。

高校の入学式。新入生のクラスでの自己紹介など、たかが知れている。名前を言って、趣味や特技など自己アピールに繋がるような一言を添えるだけ。

吹野は変に気負ってはいたけれど、失敗を恐れていたわけではなかった。

自分はできると信じていた。

入学式の後、振り分けられた教室でそれぞれが席について、担任教師の舵取《かじと》りでその時間はやってきた。教室の右の最前列から軽く起立しての自己紹介。だいたいは淡々と進んだけれど、たまにドッと教室が沸いた。みんなの口がパッと開いた。

なにか面白いことを言う生徒がいたらしい。あどけなさをまだ残した、自分と同じ真新しい制服の男子生徒がなにを言ったのか、遠い席の吹野にはまるで見当もつかなかった。それどころか淡々と挨拶するクラスメイトたちの言葉も、名前すらも。

順番が近づいてくると近くの席の子たちが語り始め、ようやく理解できる期待が持てたけれど、必死になって振り返ってまで口元を凝視《ぎょうし》すれば女子に気味悪そうにされた。

吹野の番がきた。

みんなと同じように起立した。みんなと同じように口を開いた。

「ふきの、ひびきです。ほしがすひです。ときどひ、てんたいかんそぐをします。よろし、く、おねがいします」

教室は静まり返っていた。吹野にはいつもの静けさだった。誰も大きな口を開けて笑ったりはしなかったけれど、生徒の一部は顔を見合わせるような仕草を見せ、近くの生徒は気まずそうに視線を逸《そ》らした。

それだけで理解した。

自分は『普通』になれず、失敗したのだと。

一音でも半音でも違えば違和感を覚える人の耳は優秀だ。担任教師は丁寧に解説を添えてくれた。吹野は耳が不自由だから、みんな困ったことがあったら協力してあげるようにと。

作者死亡の絵画や遺跡の出土品《しゅつどひん》じゃないのだ。それくらい自己紹介で自ら説明すべきだったのかもしれない。けれど、吹野は『普通』でいられるつもりだった。

ろう学校では胸を張れるほど完璧にマスターしたつもりだった口話《こうわ》の発音が、そうではないと思い知らされた瞬間だった。

第一印象が肝心《かんじん》なのは、健聴者でも失聴者《しっちょうしゃ》でも同じだ。高校生活はそこで決まったも同然で、吹野は別枠になった。可哀想な人枠。そんな空気がクラスに漂っているのを感じた。

正直居心地は悪かった。

でも悪いばかりじゃない。浮いた存在になれば苛《いじ》めの対象になりかねないところ、あからさまな態度で示さないでいてくれたのはありがたいことだとわかっていた。

そう、いつもちゃんとわかっている。

後でわかったこともあった。学校が吹野の入学を認めたのは、バリアフリーのアピールの一環で、聴覚障害者なら車椅子対応の工事などいらず、視覚障害者ほどのサポートも必要とせず受け入れやすいと思われたからだった。

実際は、そう単純ではない。けれど、吹野は大学進学も有利になる普通高校にしがみついていたかった。母親を失望させたくなかった。

息子は一等星にはなれなかったけれど、二等星くらいでどうにかやっている。

そう示してやりたかった。

家庭教師をもっとつけてほしいと両親に頼んだのは、大学受験を見据えてのことであって、授業中の教師の説明がまったく理解できないからじゃない。

口話と文章を学びなおすのに力を入れたのも、より完全でいたいからであって、日本語の下手な外国人を見るような眼差しが怖いからなんかじゃない。

学校ではそこそこ楽しくやっている。

気紛《きまぐ》れに話しかけてくれるクラスメイトもいる。

自分から喋るのは億劫《おっくう》になったけれど、相変わらずよく笑ってもいた。輪の中でみんなが笑えば口元の動きを素早く察知して、笑顔を作る。口を開ける。世界史の先生は話し上手で、授業はすぐに脱線して芸人並みの笑いを取ってくるから要注意だ。遅れずに反応しなければならない。

意味はわからなくとも、教室ではいつもニコニコと笑っていた。隣に並んで、みんなに馴染んでいる振りをした。一見、距離などなく並んで見えるオリオン座の三つ星のように。

横並びの星でいられるように、吹野は本当に大人しい子供になった。

家でがむしゃらに勉強をしたおかげで成績は悪くなかった。家庭教師が吹野にとっての先生で、学校は『普通』を演出するための場所。教師も両親も授業についていけていると胸を撫で下ろし、安心していた。

それでも、家に帰ると母は決まって心配そうに「今日はどう？　大丈夫だった？」と訊くから、吹野も決まって返した。

「なにもなかったよ」とやっぱり笑った。

軽く肩に触れられ、吹野はハッとなって目を覚ました。

「響さん、大丈夫？」

キッチンのダイニングテーブルで、いつの間にか眠ってしまっていた。帰宅した館原にも気づかずにいた吹野は、明かりの眩《まぶ》しさに目を瞬《しばた》かせる。もう夜だ。

なにか声をかけたのかもしれないと、慌てて口元を見ると、館原は顔をこちらへ向けてゆっくりと口を動かした。

「大丈夫？」

料理の皿の並んだテーブルの端のスマホを引き寄せる。

『うとうとしてた』

「食事、無理して作らなくてもよかったのに。しかもこんなにたくさん」

『無理してない。着替えてきて、温め直す。おかえり』

言いたいことがたくさんありすぎて文章が細切れになる。館原は笑んで手のひらを翳《かざ》した。ただいまの挨拶。吹野は手話で『おつかれさま』と左手首を右の拳《こぶし》で叩く動作をした。最後に片手を真似るように上げると、大きな手が軽く触れ合わさる。

館原の『ただいま』は温かい。

ぼうっとしそうになる吹野は、寝室に着替えに向かう男の姿に慌てて食卓を整え始めた。サラダも盛りつけをすませておいたので、冷蔵庫から取り出して並べるだけだ。後はスープを温めなおすくらいか。

品数はあるけれど、難しいものは作っていない。メインはポークピカタ。ご飯の進む味つけながら、吹野としては手抜きの簡単メニューで、気力が今一つ足りなかったのは確かだ。

戻ってきた館原は、席につきながら言った。

「響さん、今日なんかあった?」

なんだか懐かしい言葉だ。吹野は薄く笑んでスマホを見せた。

『なにもないよ。ちょっと買い物で疲れたかな。暑かったし、怠《なま》けてたからね』

「怠ける?　響さん、毎日料理してるだろ?　あ、でも使い慣れてないキッチンだとやりづらいか……」

館原は背後のキッチンに視線を送る。

嘘ではない。怠けていたのは事実だ。料理はサボらずとも、聴覚障害者であれば誰もが避けて通れない不都合から、ずっと逃げ出していた。

急に話そうとしても上手くいかないのも、その一つだ。

昔より口話力が落ちた自覚はある。読話《どくわ》は自然と休まず続けているけれど、発話はほとんどしていない。今は実家の家族と、それから館原とほんの少し話をするくらいだ。

日々発声練習を繰り返していなければ、使わない言語のように自然と衰《おとろ》えていく。

なにしろ一音も聞こえてはおらず、正しい発声ができているかどうかは、唇や舌の動きの感覚が頼りだ。

「買い出しはさ、俺がいるときにまとめて行けばいいよ。軽井沢だって車で行ってるだろ?」

『じゃあホームセンターに連れて行ってくれる? バルコニーでハーブを育てたいんだ。僕がいる間に育つかわからないけど』

「ハーブか、いいな! この部屋緑が寂しいし。俺、明日の仕事は午後からだから、午前中に行くってのは?」

吹野はコクコクと頷く。口元を綻《ほころ》ばせ、『ありがとう』の手話も添えるも、館原はじっとこちらを見つめるばかりだ。

首を捻《ひね》ると、真顔で返す。

「いや、結婚ってこんな感じなのかなと思って」

「……ばか」

「あ、またっ……てか、響さん、バカだけスムーズに言うようになってない？」

思わず苦笑いを零《こぼ》した。

彼にではなく、自分に対してだ。本当に伝えたい言葉はいつも躊躇《ためら》うくせしてと呆れる。無口でいることに慣れすぎた自分は、大人しいを通り越し、どうやら臆病者《おくびょうもの》になってしまったようだ。

「響さん、ずっとこっちにいればいいのにな〜」

本気か軽口か。いつまでもというわけにはいかない。『どうして？』と問われたら、ただそうすべきではないと思うだけだ。

一緒にいるのが当たり前になってしまう。

当たり前になるのは、よくない。

吹野は視線を逸らし、テーブルの小鉢《こばち》を手に取った。手作りのドレッシングだ。ハーブ系のサラダには、シンプルに玉ねぎや醤油《しょうゆ》を合わせた和風のドレッシングも意外に合う。

片口小鉢やドレッシングポットなんてぴったりのものはないから、普通の小鉢だ。スプーンで館原の分にも回しかけていると、黒いテーブルをトントンと叩く館原の指先が視界の端に映った。

「そういえばさ、実家には顔出さなくていいの？　こっち、久しぶりなんだろ？」

吹野は首を振り、スマホで答えた。

『言ってない。言うと、どこにいるか訊かれる』

「俺のとこにいるって言えばいい」

吹野は動きを止め、館原は続けた。

「べつに恋人だって紹介しろとは言ってないよ」

『わかってる。でも友達だと言っても、泊まるほどの関係だって知ったら、いろいろ訊かれる』

「俺の名前出せば、そんな怪しい奴だとは思われないいんじゃない？」

『それはできない。食べよう』

「なんで？　俺がヴァイオリニストだから、響さんと親しくなるのはおかしいってこと？」

途端に、館原の男らしい眉根が微妙に寄ったのがわかった。

人は一ミリほどの表情の変化でも読み取ってしまうのだから器用だ。きっと耳だって、それほどデリケートに変化を感じ取れるものなのだろう。

吹野は顔色一つ変えず、画面の上の指を動かして応えた。

『そうじゃない。僕は今まで、それほど親しくなった人がいないから。君が友達を増やすのと違って、一大事になるんだよ。食べよう』

スマートフォンを置き、今度こそ箸《はし》を取る。目線で促《うなが》すと、館原も渋々のようにステンレスの箸置きの上のものを手にした。

半分正解で、半分は不正解。

館原の推測は当たってもいるし、間違ってもいる。

聞こえないのにヴァイオリニストの友人ができたなんて言えば、どこで知り合ったのかと怪しむに違いないけれど、それ以上の問題は家族がクラシック好きであるということだ。

当然、館原のコンサートにも行っている。

姉は学生の頃から館原のCDや掲載されたクラシック雑誌も購入し、はしゃいでいた。かつてパガニーニやリストが貴婦人たちを熱狂させ失神させたように、一部のクラシックファンにとってはソリストは今もロックスターに通じるものがある。

演奏力はもちろん、ルックスがよければなお良し。学校から帰ると、リビングで姉と母がCDや雑誌を手に興奮気味に口をパクパク、なにやら盛り上がっていることがよくあった。自分が手振りで『ただいま』と入れば、きまって二人は示し合わせたかのように何事もなかった顔をした。

姉は快活で遠慮のない性格ながら、耳の聞こえない弟に音楽の話をするのは気が引けたのかもしれない。あるいは、若干《じゃっかん》の照れがそうさせたのか。

人は隠されると気になるものだ。

いつも、姉が大切そうに抱えて自室に持ち帰る品々。吹野は姉の部屋に文具を借りに行った際に、机に置かれたCDに気がつき、裏返しのジャケットをそっと捲《めく》ってみた。

触れた秘密にドキドキした。


二日目の朝は、先に目を覚ました。

まだブラインドの隙間からの太陽の光が優しい時刻。緩《ゆる》く目蓋を起こすと、自然と視界には館原の姿が飛び込んできた。

見慣れたはずの顔に眠気がすっと引いたのは、あまりに近くにあったためか、昨夜思い出した学生時代の出来事のせいか。

姉のCDをこっそり捲った瞬間、鼓動は落ち着くどころか余計に鳴った。

優美で芸術的な形をした楽器を、うっとりと構える美しい少年。タキシード姿の黒髪のヴァイオリニストは、日本人でありながら目を閉じていても彫《ほり》が深いとわかる端整な顔立ちをしていた。まだ少年と呼べる年齢にもかかわらず、万人《ばんにん》を惹きつけるカリスマ性を秘めたその佇《たたず》まい。

吹野もしばらくジャケットに心を捉われたようになっていた。

——あれは本当に隠し事を勝手に暴《あば》いたことによる緊張だったのか。

瞬《まばた》きも忘れ、隣で眠る男を見つめる。

あの日、ジャケットに目にした顔だ。

少年特有のあどけなさは失せ、今は野性味さえ感じる男らしい顔立ちながら、成長したからといって人は別人になるわけではない。

——正直、館原新良《しんら》のような男がどうしてと思う。

何故かはよくわからないけれど、彼が自分に惚《ほ》れてくれているのは事実だ。

今でも時折、なにかの勘違いではないかと疑わずにはいられない。いつかは、その間違いに彼自身も気がつき、目を覚ますのではないかと。

ベッドで並んで深い眠りについても、やがては目覚めのときがくるように。

今、右手はすぐ傍にある。

こちらへ顔を向け横臥《おうが》した館原は、吹野の枕の端に手をかけていた。なにかの弾《はず》みのように少し顔を寄せただけで、指の背の感触を吹野は唇に覚える。

仄《ほの》かに感じる確かな体温。館原にまだ起きる気配がないことに安堵すると同時に、もっと触れてみたい欲が膨《ふく》らむ。小指の背から薬指へ。一本ずつ、唇を押し当てても伏せた男の目蓋はぴくりとも反応せず、吹野はベッドへ両肘《りょうひじ》をついて身を起こした。

男らしい高い鼻梁《びりょう》へも触れてみる。

微かな空気の揺らぎを唇から感じた。聞こえないけれど、ずっと寝息は立てていたのかもしれない。

薄く開かれた唇へ、今にも触れそうに顔を近づけながら、その整った顔を見下ろす。

薄いブランケットに包まれた体は、どちらも服を着ていない。昨夜《ゆうべ》のセックスは、信じられないことに途中で眠ってしまった。昼の疲れが出たのか、館原の愛撫があまりに優しく心地よかったせいか。

起こしてくれてよかったのにと思う。

覚えている。寝息を立てている唇や、人々を魅了する音楽を奏《かな》でられる指が、どこへどんな風に触れたか。

脳裏《のうり》を掠《かす》めるだけで、体温が上がった気がした。

それだけで頬を染め、じわりと目を潤《うる》ませた自分を感じ、堪《たま》らなくなった。

もうバレてもいいとさえも思えた。

いつも、彼は想いが等分でないかのように振る舞う。恋をしているのは自分のほうだと言わんばかりに。

恋人になっても役割分担でもしているみたいに変わらずにいる関係。思い込ませたのは、捻《ひね》くれた自分の振る舞いのせいかもしれない。

――本当はそうではないのに。

「……………んら」

名前を囁こうと唇を動かす。

もどかしい。

ただ自分の内にあるものを、言葉に変えたいだけなのに、上手に形にできない。

「…………き」

唇を重ねると、さすがにぴくりと目蓋が動いた。軽く頭を動かした男はそのまま「んっ」と寝返りを打ち、仰向《あおむ》けになったのは吹野には都合がよかった。

啄《ついば》むように触れる。上唇から下唇へ。顎《あご》から喉仏《のどぼとけ》の隆起《りゅうき》や鎖骨《さこつ》に唇を這わせると、その先は止まらなくなる。

吹野は薄いブランケットを捲り、迷うことなく腹部から中心へも顔を寄せた。

緩く頭を擡《もた》げた恋人の性器へ、そっと唇を押し当てる。触れた手にも感じる重たい張りは、朝の生理反応だろうけれど、昨夜中途半端に放り出してしまったのだから当然だ。

滑《なめ》らかな先端に向ける眼差しは、一層潤んだ。

愛《いと》しげにキスをする。

「……響さん？」

ちゅっと音を立てたことに、吹野自身は気がついていなかった。館原の声にも。

起き上がろうともぞつく体にようやく察し、『あっ』となる。

「なっ……に、やってんの？」

吹野はチラと戸惑う男の顔を見ただけで、ブランケットを頭から引き被《かぶ》った。

「ちょっと…っ……」

姿を見えなくして、続きを再開する。

もう一度ちゅっとキスをして、小さく先端を舐《な》めた。口を使った愛撫に躊躇《ためら》いはなく、そのまま亀頭《きとう》の隆起に舌を這わせる。先端は丸く滑らかだけれど、館原の昂《たか》ぶりは自分のものよりずっと張りがきつくて大きく感じる。

「……は…ぁっ……」

触れているだけなのに、自然と吐息まで零れた。

吹野の性の知識は乏《とぼ》しい。館原にしてもらったときの記憶を辿りながら、ちろちろと薄い舌を動かした。

探る愛撫は、どこまでもたどたどしい。けれど、右手で根元辺りを包んだものは硬く反応を返してきて、素直に嬉しいと思った。

「……響さ…ん、ウソだろ…っ……てか、なんで隠れて」

ブランケットを握る左手に力が籠る。

見られたらできなくなりそうで嫌だ。

——もっと、たくさん優しくしたい。

「…………き」

頬擦《ほおず》りさえするように顔を寄せた。

これほど自ら積極的になったことはない。ベッドへの誘いも、口での愛撫も。何度もそうしたいと思いながらも、館原は求めてはこず、時折はぐらかされたような気分にさえなった。

自分はまだ寝ぼけてでもいるのか。

本当に夢見心地だった。そのくせ、体のほうは生々しく反応し、館原に触れるほど自身も熱を帯びてくるのがわかった。

ほとんど意識せずに口を開けていた。淫《みだ》らに舐め回した亀頭を頬張れば、その雄々《おお》しさだけで眦《まなじり》が濡れる。

無意識にもじりと腰まで動いた。

思い出さずにもいられない。大きく張った先っぽで中を擦《こす》りながら開かれると、いつもとろとろに先走りが溢れるほど感じてしまうのを、体は卑《いや》しいほど覚えていた。

「……んん…っ……」

条件反射で身の奥がきゅっとなり、また腰が揺れる。

ブランケットは上半身にしか被っておらず、館原に見られてしまったかもしれないと思うと恥ずかしい。

やめたいとは思わなかった。

「……ふ…っ……」

吹野は苦しげな息を響かせながらも、張り詰めた性器を喉奥へぐっと迎え入れた。長くて太さもある。咥《くわ》えるだけでも精一杯で、やり方もよくわからないまま深く飲んでは、また先のほうまで抜き出す。

Uターンを繰り返すだけの技巧もない愛撫は、館原の反応だけが頼りだった。声も息遣いも吹野の耳には届かず、不安に襲われながらも、駆け上がるような瞬間を求めた。

口の中が熱い。喉奥で受け止める強い圧迫感に、涙だけでないものがじわっと自分の内から溢れ出す。

「う…っ……んんっ……」

不意にグイと下から突き上げられ、じゅっと熱が鳴るのを感じた。飲み込み切れないほどのカウパーが館原から溢れ出ていることに、感じてくれているのだとほっとする。

同時にガクガクと吹野の腰は揺らいだ。

触れられてもいないのにとっくに形を変えた吹野の中心は、もう濡れて反《そ》り返っていて、塞《ふさ》がった両手にもどかしさすら覚える。

今頃になってわかった。

自分は恋人の寝顔に欲情して、セックスしたくて堪《たま》らなくなったのだと。まだ日も上りきらないような朝早くから、一人で発情してしまったなんて呆れる。

一方で、恥じらいなどかなぐり捨てるほど、もう欲しくて仕方ない。欲望のままに自身にも触れようとしてしまい、うっかり緩めた左手から、するっとブランケットが抜き取られる。

「……響さん」

あっさりと暴かれてしまった、目隠しの下の行為。真っ赤な顔をした吹野は、泣き濡れた目で恋人を見た。

唇の動きを読み取る。浅ましく咥えたままのものを喉奥でくっと締めつけてしまい、軽く噎《む》せた。抜き出したものを慌ててもう一度咥えようとすると、細い顎に館原の手が触れた。

体液に濡れた口元を、長い指で優しく拭《ぬぐ》われる。

「いいよ、もう……苦しくなってきたんだろ？」

吹野は首を振る。

否定したものの、芽生《めば》えた心配事にじっと顔を見た。

「……それはないね。響さんにしてもらって、俺が嫌なわけないし、下手じゃないよ。気持ちいいけど……嬉しすぎてなんか……もうダメ、キスしたい」

言葉にせずとも汲《く》み取ってくれた男は、そう言って少し笑った。

「響さん、キスして」

甘く告げながら、館原は半身をずらして起き上がり、吹野を『おいで』と招く。促されるままに身を跨《また》ぎ、黒く深い双眸に吸い寄せられるように口づけを交わした。

「ん……」

柔らかな唇を押しつけ合うと、熱く濡れた舌が伸びてくる。確かめ合えるキスは、やっぱりひどく気持ちいい。じわじわと麻酔でも効いてくるみたいに、吹野をいつも陶然《とうぜん》とさせる。

「……ぁっ……ん……」

自分にあるとばかり思っていた主導権は、胸元を大きな手が彷徨《さまよ》い始めたくらいから怪しくなった。

指の腹で小さな乳首を上下に転がされ、淡い乳輪ごと摘《つ》まれる頃にはもう、鞍《くら》にでも跨《また》がったみたいに腰が揺れていた。

「ん…っ……あっ……しん…ら」

「響さんからしてくれたの初めて。なんで、急にしてくれたの？」

問いながらも、悪戯《いたずら》な指の動きは止まることがない。指だけでなく、言葉も。目を閉じると、『ちゃんと読んで』とばかりに震える目蓋にキスをされた。

目を開けてほしいときの合図だ。

「響さんのもすごいな。腹つきそうだし……もう、ぐっしょり。俺のを咥えてこんなになったの？」

「や…っ……」

「それとも、その前から？　昨日途中でやめたから、したくて我慢できなくなった？　俺が起きるの待ってられないほど、欲しくなっちゃったとか？」

「そ、んな…こっ……ぁっ……」

懸命に否定しようと上げた細い声は、飲み込まされる。するりと後ろへ回った手に、肉づきの薄い臀部《でんぶ》を開かれた。

露《あらわ》になった柔らかな窄《すぼ》まりに触れる指。ズッと中へ穿《うが》たれ、吹野は泣き濡れた声を上げて、ビクビクと腰を揺らした。

「んん…っ……」

「……まだ、中が濡れてる。響さん、昨日どこまでしたか覚えてる？」

吹野は指の感触を受け止めるのに精一杯で、ぐずるように首を振る。ぎゅっと目を閉じようとすると、また目蓋にキス。半《なか》ば強制的に淫らな言葉を唇が紡《つむ》ぐのを読まされる。

「ここ、いつもより多めにゼリー入れてしまって、すごく柔らかくなってた。だから、ほらまだ……」

「ぁっ……あ…っ……」

「響さん、いっぱいアンアン言ってて、可愛かったな。なのに、まさかあのまま寝落ちしちゃうなんてさ」

「……ひ…ぁ……んん…っ……」

──まさかその報復なのか。

埋《う》まっていた指をずるっと抜き取られ、吹野は頭を振る。

「あっ、しん…らっ……な、んで？」

心許《こころもと》なく見つめるほどに、男の眸には深い情欲が孕《はら》んだ。

「して見せて。響さんがするとこ、見たい」

「……なに、言っ……んな、の……」

「もうサービスタイムは終わりってこと？」

「あっ……」

「ほら」と腰を掴んで引き寄せられ、ちゅっとキスでもするみたいに、濡れた切っ先を和《やわ》らいだそこへと宛がわれる。

「大丈夫。響さん、柔らかいまんまだから」

「し、しんら…っ……」

「……ゆっくりでいいから、ね？」

「ん……んん…ぅっ……」

腰を落とせば、ぴったりとそこは館原を包み込む。くぷっと一息に開くように先端が埋まり、衝撃に吹野は身を捩《よじ》った。

「ひ…ぁっ……や……」

「響さん、上手。そのまま下ろして。力抜いてて、さっき口でしたみたいに、そう……ああ、気持ちいい……ヤバイ、気持ちいいよ、響さん…っ……」

何度も拒《こば》むように首を振り、吹野は髪を揺らしながらも、館原のうっとりとした眼差しを見ると拒むことなどできなくなる。

少しずつ腰を上下させ始めた。

「……ふ…ぁっ……ぁっ、あ…ぁっ……」

「そこ、いつものとこ?」

「んっ、ん……ぁ、や……」

「響さんはホント、前立腺のとこ弱いね」

「ば…かっ……へ、んっ、変な……こど…っ……いわ…っ……あっ、あっ……言わなっ、んんっ……」

揶揄《からか》われるのは嫌だと思うのに、動き出した腰が止められない。そこに宛がうように小刻みに揺すっていると、上向いた性器からとろりとした雫《しずく》が止めどなく溢れ出てくるのがわかった。

「や……んっ……ひ…ぁ……」

無意識に身を屈《かが》ませ、少しでも隠そうとした秘密を暴かれる。もぞつかせた足も左右に大きく割られてしまい、吹野はしゃくり上げるような声を漏らした。

「ちゃんと目でも楽しませてくれないと……ほら、響さんも嫌じゃないって。俺に見て欲しいって」

ヒクヒクと震える性器からは、とろとろとした先走りが館原の腹を濡らすほどもう溢れ出ていた。言葉で嬲《なぶ》られると余計に蕩《とろ》ける。

「み、な…っ……見な、ひ…っ……」

「いつもちゃんと見てるよ？　響さんがお尻で気持ちよくなって、ぴゅってするとこ」

意地が悪い。館原は薄い笑みを零した。そんな表情をすると酷薄《こくはく》そうにも見えるのに、黒い眸の奥だけが変わらずに熱い。ずっと滾《たぎ》ったような眼差しを注いでくる。

「あっ、あっ……もう」

見つめられ、きゅっと締めつけるように中がうねり始めたのがわかった。反射で浮かせようとした腰を力強く両手で引き戻され、ぱちゅっと尻で館原の身を打つ。

「……あ…ぁっ」

「奥、入っちゃったね。響さんが、逃げようとするからだよ」

「しん、ら……もっ、でき、な…っ……」

「……ダメ、最後までして見せて？」

館原は両手を繋いだ。右も左も、指を一本ずつ絡めるように握り締め、逃がさないと意思表示。軽井沢の森で、ピクニックシートの上で繋いだときの穏やかさとはまるで違う。

熱い。眼差しに焼かれ、奪い尽くされる。

「……ぁっ……あっ、あ…っ……」

吹野は啜《すす》り喘《あえ》ぎながら腰を上下させた。あの部分を何度も押し上げ、幾度も擦り上げるよう

な抽挿《ちゅうそう》を繰り返し、恋人にそこが好きで堪《たま》らないのだと知らしめる。

「やっ、も……なんか、や…っ、ぐ……く、る……」

「……イッちゃいそう?」

「ん、ん…っ……しん、らっ……もっ、も…ぉ……あっ、あ…ぁんっ……」

自分がどんな声を上げているのか、最初からわかっていないけれど、もっとわからなくなった。

思考は半分くらい飛んでしまい、館原の唇も完全には読み切れていないにもかかわらず、眼差しや体から迸《ほとばし》る熱だけは確かに感じる。

許しを乞う吹野に、恋人は応えた。

「……いいよ、出して」

その瞬間、身は軽く撓《しな》った。熱い迸りが中から勢いよく駆け上がり、小さな綻《ほころ》びを内から開かせる。

ビクビクと揺れる体を抑えきれず、吹野は羞恥《しゅうち》に身を焦《こ》がしながら、館原の腹部を白濁《はくだく》で濡らした。「射精、ちゃんとできたね」なんてまた揶揄われ、しゃくり上げるような声が止まらない。

「なんかすごい、俺が苛《いじ》めてるみたい」

「……らっ…て……」

「響さんは俺の恋人なんだから、これくらい変じゃないって……もっとすごいことも、させたいくらいなのに」

「すご……って？」

首を捻《ひね》る間もなく、唇が触れ合った。

ちゅっちゅっと吸いついてから、館原は言った。

「……エッチな響さんも、素直じゃない響さんも、全部好き」

――好き。

セックスの度《たび》にそう動く唇に、体のそこかしこが火を点《つ》けられたようになる。熱を持ち、またきゅっとなる。

思わずしがみついた吹野を抱えたまま、館原はベッドを軽く揺らした。スプリングのいいマットレスのベッドへ背を預け、体位を変えられたことに気がつく。

「しんら？　あ……やっ、も……いっ、たばか、りで…っ……」

「響さんはね。俺はまだ。俺は、これからだよ」

「でも……待っ……や、そこ…っ、もう…っ……」

「また途中でやめるの？　俺はおあずけ？」

「しんら…っ……」

もはや、甘え方もすっかり心得ている男の意のままだ。覆《おお》い被さってきた館原は、卑猥《ひわい》に繋がれたままの場所を上向かせ、ぐちゅっと嵌《は》めなおすように張り詰めた自身を穿たせた。

「ああ、もうすごいな……すごい音してる。エッチな音、響さんに聞こえないの残念だな」

「や……っ……待っ……」

吹野は首を振った。聞こえないにも関わらず、のぼせた顔は一層赤らむ。現実よりも想像が淫らに走り出し、掻《か》き回すように中で動かされると、達したばかりの性器もまたしとどに濡れ始めた。

「らめ…っ、だ、め……」

「……気持ちいい？　響さんがさっき自分で、俺のを当てまくってたとこ……ああ、もうぐしょぐしょ……そういえば、まだ触ってあげてなかったね」

「……あぁっ、やっ……さわっ、さわ、なっ……で……」

「なんで？　気持ちいいだろ、ほら……前と後ろと、お礼にいっぱいしてあげる」

「や……」

「昨日の分も、連続イキでしよっか？」

抱き潰すように腰を深く挿《い》れられ、逃れられない。体からも、言葉からも。聞こえないのに、確かに館原の放つ声に満たされていた。

合わさった熱や吐息や、行き交う感情はまるでテレパシーみたいに伝わってくる。奥までぐちゃぐちゃにされて、激しく乱れて泣き喘ぎながらも、それを嬉しいと悦《よろこ》んでいる自分がいる。

欲しがられることに喜悦《きえつ》している自分が。

意地を張る暇もないほど、壊されて溶かされてしまう瞬間が、いつの間にか愛しい時間に変わっていた。

「はっ、あ…ぁっ……しん、ら…っ……あっ、あっ……」

吹野は、さっきまで見つめるだけだった寝顔の男の首筋へ両手を回した。完全に身を委《ゆだ》ね切り、揺らされるままになる。

「とろんってなっちゃう響さんも、可愛いな。声聞かせて？　もっと、聞きたい……響さんの声……はぁ……気持ちいい……」

「あっ、あっ、しっ……しん、らっ……もぅ、も…っ……」

「……俺のだ、響さん、俺の……」

感極まったように、館原は耳元で繰り返した。

温かな唇に、乱れる息遣い。感じ取れるものはすべてではないのに、今だけは受け止められている気がした。

——たとえ、一時の錯覚であったとしても。

強く唇を押しつけ合う。館原はキスをしながら深く腰を突き上げ、吹野は残滓《ざんし》まで出し切ったはずのものから新たな熱が溢れそうになっているのを感じた。

二度目は、ほとんど同時だった。

「ありがとうございました〜」

カプチーノ一杯の支払いをすませて店を出ると、入ったときはまだ茜《あかね》色だった空はだいぶ藍《あい》色に染まっていた。

館原《たちはら》との待ち合わせのカフェだ。東京へ来て一週間、今日は仕事が夕方にはきっちり終わる予定だと言うので、たまには外食でもという話になった。練習に使っている音楽スタジオの近くに、良いビストロがあるらしい。

早く着いたのでのんびり待つつもりだったけれど、仕事帰りの客も増えたカフェは混み始め、出ることにした。

すぐ側《そば》だと言っていたスタジオのビルが、窓越しの眺めでなんとなくわかったのもある。道路を渡って確かめると、裏手の駐車場に館原の車も見つけた。

ナイトブルーメタリックのポルシェ９１１。艶《なま》めかしいほどの曲線美の車は後ろ姿でも目立つけれど、隣には暴力的なまでの主張で視界に割り込んでくる真っ赤なスポーツカーが停まっていた。互いに一歩も譲らない存在感は、ある意味都会的な眺めだ。

『カフェは混んできたから駐車場にいる』

ラインを入れると、ほどなくして館原は急ぎ足でやってきた。

ヴァイオリンケースを肩に提《さ》げた見慣れた姿だ。どうやら時間どおりに終わったらしい。

「ごめん、混むとは思わなくて。やっぱり家まで迎えに行けばよかったな」

『お店はこの近所なのにわざわざ？　子供じゃないんだから』

「でも……」

急に心配性になる男に、スマホで応《こた》える吹野《ふきの》は苦笑する。

『軽井沢《かるいざわ》のオ・デュ・ラックと同じくらい良い店なんだろう？　すごく楽しみだ』

「はは、やばいな、ハードル上げ過ぎたかも。すぐそこだよ、歩いていける」

日暮れの風は優しく心地いい。早速歩き出そうとしたところ、館原がハッとなったように背後を振り返り見た。

誰かに呼ばれたらしい。

「……瑠音《るね》さん」

遅れて吹野もそちらを見ると、駐車場へ髪の長い女性が入ってきたところだ。

モノトーンのパンツスタイルに、差し色の赤いバッグ。抜群のスタイルを引き立てるロングストレートの髪やピンヒールのシューズが、まるで女優のようなオーラを放っている。

ピアニストの波木《なみき》瑠音だ。

「あら、やけに急いで帰るから、てっきりデートの約束でもあるのかと……」

一目で物怖《ものお》じしない性格とわかる彼女は、吹野を真っすぐに見つめた。どんな評価が下ったのか。シルエットは綺麗めながら、リネンシャツをさらっと着たような服装で、下りた前髪も洗いざらしだ。

「違うよ。友達とちょっとね」

館原は軽く流してくれたものの、『友達』の言葉に余計に関心を抱かれたのが眼差しでわかった。

——年上に見えるからか？

いつもの会釈《えしゃく》と微笑みですまそうとしたところ、ピンヒールの足がずいとこちらへ踏み出してくる。

「初めまして。館原くんと今度デュオをやる予定の波木瑠音です」

「瑠音さんっ！」

思いがけない声かけに焦《あせ》りを見せたのは、館原のほうだ。「ご挨拶《あいさつ》しただけよ？」とむっと眉を顰《ひそ》めた彼女に、吹野はスマホを名刺のようにすっと差し出した。

定型の文はいくつか用意している。

『初めまして、吹野です。耳が聞こえないので、筆談で失礼します』

相手を多少動揺させてしまうのは仕方ない。目を瞠《みは》らせた彼女は、赤いバッグからモノグラム柄のケースのスマホを取り出し、吹野はもう一度画面を見せた。

『大丈夫です。ゆっくり喋《しゃべ》ってもらえれば、そちらの言葉はだいたいわかります』

「あ……」

「瑠音さん、なにか俺に用があるんじゃ？」

「えっ？　あ、ああ……用はべつに。今日車なの。それ、私の車」

まごつきつつも、彼女は隣の真っ赤なスポーツカーを示した。女性的とは言いがたい車ながら違和感はなく、その自己主張の強さはむしろ納得さえする。

「瑠音さん、マスタングなんだ……カッコイイな。あ、じゃあ、また明日」

どことなくホッとした表情で館原はひらっと片手を上げ、吹野を歩道に向かうよう促《うなが》した。

吹野は彼女のほうを見つめたままだった。

予感があったのかもしれない。車に向かいかけた彼女は長い髪を揺らして振り返り、赤い唇を動かした。

「待って、これから食事に行かない？」


館原のお勧めの店は、表通りから離れたビルにあった。マンションなどの多い裏路地で人通りも少なく、レンガ風の階段を下りた地下にある店も落ち着いた佇《たたず》まいだ。

「このお店、西上《にしがみ》さんのお勧めのビストロじゃない？　こないだ私は参加できなかったから、次はみんなでって言ってくれてたところ。私、楽しみにしてたんだけど？」

オーダーをすませて飲み物が届くと、軽くグラスを掲《かか》げて形ばかりの乾杯を交わし、瑠音は店内を見回した。

ワイングラスを傾ける表情は、内緒の抜け駆けを責めるような眼差しだ。

黒ビールのギネスを飲む館原は、挑発には乗らずに微笑む。

「そうだったかな。この辺りは結構いい店多いから、わからなくなってしまって。同じ店ならちょうどよかったね。瑠音さん、今こうやって来てる」

「そうね。ステキなご縁に乾杯」

微笑み返す瑠音の長い髪はさらりと肩から零《こぼ》れ、鏡面《きょうめん》仕上げの黒いピアノのように照明の輝きを纏《まと》う。

一体、なんの腹の探り合いが始まったのか。ひやひやする会話だ。

お酒も今日は飲まないと言っていたのに、瑠音が『どうせ明日も同じスタジオで練習だから、車は置かせてもらうわ』とワインを注文すると、館原も張り合うように『タクシーで帰る』と言い出した。スクエアのテーブルで三方に分かれて座っており、吹野の位置からも角度次第で二人の会話は理解できる。

「それより、仕事の話を思い出したんじゃなかった？」

食事の誘いを一旦は断った館原が彼女を同行させたのは、仕事の話があると食い下がられたからだ。

吹野がそれならぜひと勧めたのもある。

「ああ、コンサートの話ね。アンコールの選曲がしっくりこないんだけど、原因はなにかと思って」

「俺はべつに悪くないと思うけど。原因って、曲順とか？」

「そういうことじゃなくて……あなたの演奏かしらね」

「はっ？　俺の演奏がお気に召さないってこと？」

和《なご》やかになるどころか一触即発。駐車場の眺めを思い出した。ある意味、似た者同士、二人はスタジオでもこの調子でソリストのプライドをかけた火花を散らしているのかもしれない。

いずれにしろ、専門的な話になると吹野にはわからない。早口になられても同様で、複数の人数での会話は、聴覚障害者の不得意とするところだ。口の動きが読めると言っても限界がある。

吹野は懐かしさすら感じた。

学生時代を思い出した。

こんなときの対応はシンプルだ。ただ神妙な顔をして座り続ける。周りが笑えば、自分も微笑む。呼吸を合わせ、リズムを合わせて、少し顔の筋肉を使うだけでその場に馴染んで加わっているような印象になる。

ただ会話の内容はなにもわかっていないというだけだ。結果、聴覚障害者にありがちな『大人しい人』という印象を与えようと、ろくに話を覚えていないと後で言われようと、それがもっとも無難に乗り切る方法だった。

吹野はワインを少しずつ飲みながら、パクパクと唇を動かす二人を見つめた。

ややオレンジがかった照明の光は、館原の張りのある黒髪にも降りている。空席に置かれたヴァイオリンケースにも。揃いのように反射する光。

テーブルに料理が運ばれてくると、取り分けた皿の料理にも注目した。

ナチュラルなウッドプレートのサラダは、生ハムとイチジク、それにナッツや白いんげん豆が散りばめられている。ハムとフルーツを合わせたサラダは好きだ。見た目も面白いし、甘みと塩加減のハーモニーが心地いい。

視覚に味覚。店内にどんなBGMや客たちの談笑が響いているかもわからない静けさの中で、吹野は軽井沢の別荘にいるときと変わらず、自分なりの楽しみを見出《みいだ》しながら時間を過ごす。

「響《ひびき》さん」

不意に館原が顔を向けた。瑠音との話に熱中しているとばかり思っていた男は、吹野の席からは遠い皿を示した。

「こっちも食べなよ。ムール貝にブルーチーズは意外とよく合う。こないだ来たときも気に入ってさ」

取り分けてくれ、メニューも差し出す。

「ワインも追加する?」

空《から》になったグラスにも気づいていたらしい。

吹野はコクリと頷く。館原は身振り手振りも加えて話をし、世話を焼きたがる様子をじっと見つめていた瑠音が口を開いた。

「館原くん、手話ができるの?」

「今のはべつに手話じゃないけど……まぁ、少しなら」

吹野が嫌がると思ってか、館原は覚えた手話も人前ではあまりやらない。瑠音の表情が、フーンと鼻を鳴らすように微《かす》かに動いた。

「そういえば、チャリティに目覚めたそうね。クリスマスに軽井沢の療養所でミニコンサートをやったんでしょう? 評判だったって。吹野さんとは、そこで知り合ったの?」

「吹野さんは療養所とは関係ないよ」

館原はパッと片手を上げ、ワインの追加を注文すべく店員を呼んだ。吹野が指で示したメニューの白ワインを、復唱《ふくしょう》するように読み上げてくれる。

「瑠音さんは?」

「私はまだいいわ。それより吹野さん、さっきお住まいは軽井沢だって……」

自己紹介で、瑠音に問われるまま答えた。食い下がられるほど、自分に興味があるとは思わなかった。

館原は深入りさせたくないようだ。

「瑠音さん、そういやよかったの？　今日は練習の後に仕事があるからきっちり帰るって言ってなかった？」

「……仕事じゃなくて、デートよ。でも、なくなったわ。別れちゃったの」

「え、噂の会社員のカレ？」

有名な話なのか、瑠音は苦笑いになる。

彼女を覆《おお》う夏の太陽のような強い輝きが、幾分和らいだ気がした。落葉する秋の気配にも似た空気。

「やっぱり付き合うなら、音楽家じゃないとダメね」

「すぐケンカ別れするからこりごりなんじゃなかった？　クラシックなんて、ベートーヴェンとモーツァルトしか知らないくらいでちょうどいいって、極論に達してたのは？」

「なんで覚えてるのよ。ケンカできるのも、根っこが繋がってるからよ。まるで人種が違ったらぶつかる意見もない。価値観が違うのがどれだけ虚《むな》しいことか、よくわかった」

やや興奮気味の彼女が声を大きくしたのが、口の動きでわかる。身を乗り出すような仕草に、館原は勢いに飲まれることなく淡々と応えた。

「人の価値観を決めるのは、音楽がすべてじゃないよ。それに、違うからこそ新しい世界が見えてくるかもしれないだろ」

瑠音は眸を見開かせた。

「びっくり。あなたの口からそんな言葉を聞く日がくるなんて」

「どんなイメージだよ」

「あら、自覚なかった？　あなたも私と同じ、相当な音楽バカよ。試しに付き合ってみる？」

小首を傾《かし》げるような仕草に、また長い髪が揺れる。急にゆっくりとした口調に変わり、顔もさり気なくこちらへ向いた気がした。

テーブルの右手で、館原はビールを飲みながら笑っている。

「冗談。俺と瑠音さんじゃ、年中ケンカで身が持たないでしょ」

「ですって」

瑠音とはっきり目が合った。

含みのある調子で話を向けられ、赤い唇を見つめる吹野は柔らかに笑む。

「吹野さんって、物静かな方なんですね。彼とはケンカもなさそう」

反応を待っているのがわかり、吹野はスマートフォンで応えた。

『どういう意味ですか？』

「友達でも揉《も》めるときもあるでしょ、たまには。吹野さんは……お仕事はなにか？」

上目遣いの眼差しは、遠慮がちにトーンが落ちたのがわかる。なにもやっていない可能性のほうが高いと思ったのだろう。

実際、主な収入源は不動産所得ながら、父親から引き継いだまさに不労《ふろう》収入で、働いているとは言いがたい。

『仕事と言えるほどのことはなにも』

想像を肯定するように返すと、右脇から画面を覗き込んだ館原が反論した。

「なに言ってんだよ、刺繍《ししゅう》があるだろ」

「ししゅう？　刺す刺繍のこと？」

「吹野さんは刺繍作家なんだ」

「えっ、そうなの？」

瑠音は驚き、吹野が慌てて否定の文章を入力する間に、館原はパンツのポケットからブルーのコットンハンカチを取り出した。

梅雨の季節、海外遠征に出る際に渡したものだ。演奏会の成功と、旅の無事を願って。ヤドリギは冬も枯れないことから、縁起がいいとも言われている。

意外にも、瑠音は感嘆の声を漏らした。

「あら、素敵……これはなに？」

「ヤドリギだよ。吹野さんは自然をテーマにした作品が得意なんだ。近いうちに本にもなる予定で、出版社からも声がかかってて」

「刺繍が本に？　それってすごいんじゃない？」

「そうだよ、だから仕事だって……」

吹野はバッと館原のシャツの袖《そで》を摑んだ。

大きく首を振り、呆気《あっけ》に取られる二人を前に、スマホに文を入力した。

『仕事じゃない』

「え、でも……」

「いいんじゃない、仕事でも趣味でも。それも『新しい世界』との出会いには違いないんだから」

戸惑う館原を余所《よそ》に、瑠音は意味深に言った。

「館原くん、刺繍なんてやったことないでしょ？　針と糸も持ったことないんじゃない？」

「まぁ……」

「私もそう。裁縫も料理も、女性らしいことは全然ダメ。つい最近も、彼のシャツのボタンが取れてるのに気がついて、『新しいの買ったら？』って言ったばかりよ」

別れた原因に繋がっているのか、瑠音はグラスのワインを飲み干して続けた。

「中学生のとき、ホームパーティに呼ばれたのを思い出した。みんなで手作りのお菓子を持ち寄る約束だったの。私は迷わずママが焼いたクッキーを持っていったけど。だって、時間がもったいないじゃない？　クッキーなんて焼く暇あったら、ピアノの練習するわよ」

まるで、そこに思い出が映し出されているかのように、空のグラスを覗き込んだ眼差し。少し寂しげながらも、言葉は力強い。

揺るぎない意志を、吹野は感じた。

「はは、瑠音さんらしいね」

「後でバレちゃって、みんなからシカトされたのよねぇ。無駄なお喋りに付き合う必要もなくなって、せいせいしたけど」

彼女は顔をこちらに向け、吹野はスマホを見せた。

『真剣に打ち込める目標があるのは、素晴らしいことだと思います』

微笑みが返ってくる。

「ありがとう。彼もそう言ってくれたわ、最初のうちはね。音楽はわからない人だったから、いつまでもこっちの音楽バカには付き合ってくれなかったけど」


星の少ない都会の夜空は、晴れているのか曇《くも》っているのかわからないことがある。星降る夜空に慣れすぎてしまったせいか。

「響さん、瑠音さんのこと……なんか、ごめん」

タクシーを拾うべく大通りへ向け歩き出すと、隣で館原が言った。半袖シャツから伸びた腕に触れられ、話しかける意思表示をされるも、一瞬遅くわかったのは『ごめん』だけだ。

それでも、なんの話だか理解した。

瑠音は途中であっさりと帰っていった。彼女がいたのはワイン一杯分の時間にもかかわらず、大きな爪痕《つめあと》でも残されたように、いつもの二人の空気に戻らなかったのは確かだ。

もっとゆっくり食事を楽しむつもりだったけれど、予定よりも早い時刻に店を出た。

吹野は隣を仰《あお》ぎ、手話で応える。

――楽しかったよ。

嘘じゃない。彼女のような、はっきりとものを言うタイプの女性は嫌いじゃない。生命力に溢れ、真夏の太陽にも似た眩《まばゆ》さを感じるところも。

誰かに通じるところがある。

――誰かのほうが、ずっと優しい人だと思うけれど。

「でも、あんなことを言うなんて」

館原は言い淀《よど》み、吹野は足を止めた。

来るときも人気《ひとけ》の少なかった路地は、遠くに小さな人影と、大通りを行き交う車の明かりが見えるくらいだ。

『音楽はわからない人』

別れた恋人について瑠音がそう語ったことに、館原は引っかかりを覚えているのだろう。あの瞬間、さっと顔色を変えたのもテーブルで見て取れた。

──僕のことを言われたわけじゃない。

そう言ってしまうのは簡単だけれど、吹野も瑠音の言葉が自分に無関係だとは思えなかった。

夜の路地にスマホの明かりを光らせ、文字を入力する。

『彼女、君と僕の関係に気づいたんじゃないかな』

「まさか。食事の約束してたくらいで」

『最初からそんな感じだった。だから同行して、確かめたかったのかもしれないね』

「そんなこと……だって、俺は今まで一度もっ……」

前のめりに言いかけ、館原は『あっ』となったように口を噤《つぐ》む。女性としか付き合ったことも、ゲイの素振りを見せたこともないと言いたいのだろう。

出会った当初、軽薄なホストの振りをしていたくらいだ。どんな素行《そこう》だったのかは想像がつく。

『だからこそ、じゃないかな。なのに僕といるから。彼女、君が変わってしまったと思ってる』

館原はまだ納得できない表情だ。

不満は彼女の振る舞いだけが原因ではなかったらしい。燻《くすぶ》った火でも起こすみたいに言った。

「……にしたって、刺繍の話は隠す必要なかったと思うけど？　仕事じゃないなんて言わなくても」

『刺繍は趣味だよ』

「そんなこと、だってもうすぐ……」

『本の話は断った』

できれば見たくはなかった反応。「えっ」と絶句したのち、館原は口を開いた。

「……どうして?」

『僕にはちょっと荷が重すぎると思ってね。実は断ってたんだ。春に話をもらってすぐ』

「なんで……なんで俺には言ってくれなかったんだよ」

少なからずショックを受けたに違いない顔は、吹野にも罪悪感を抱かせる。

『言ったら、君はそういう反応をするだろうと思って。がっかりさせて、ごめん』

「がっかりとか、べつにそんなんじゃ」

『ごめん』

もう一度、詫《わ》びを入力して見せた。光る画面を眩《まぶ》しげに見る男から視線を逸《そ》らし、吹野は歩き出そうとする。

「響さん」

腕を摑まれた。

「響さんっ、待って……もしかして、耳のことが理由? 荷が重いってそういうこと?」

回り込んでまで視界に収まろうとする館原は、行く手を遮《さえぎ》る。吹野は歩みを止め、ポケットにしまいかけたスマホを手にしたものの、画面の上で指は止まった。

館原は焦《じ》れったいだろうに、じっと待っていた。

吹野は、本音で答えた。

『僕はネット上で聴覚障害については触れてない』

「刺繍やるのに障害は関係ないだろ？」

『本を出してもらうなら、少なくとも出版社の人には説明しないとならなくなる。僕は電話もできないし』

スマホは振動で着信に気づけても、電話を取ることはできない。

顔も見えず、声も聞こえず、電話ほど聴覚障害者の恐れるものはない。非常事態であっても、使えないのが電話だ。

「じゃあ、説明すればいい。ほかの方法で連絡を取り合えばいいだけだろ。聞こえないことが、本を出すのにハンデになるわけ？」

唇の動きを読み取る吹野は、ハンデなど生まれつき一つもない、自分にとっては一等星より輝いて映る男を見た。

軽く自嘲《じちょう》してから入力した。

『どうだろうね、逆に強みになるかもしれないね』

「え……」

『障害があれば注目される。君がコンサートをやった療養所の子だって、病床《びょうしょう》で描いてる絵がユーチューブで人気を集めたんだろう？　もし病気でなくても、君のようなヴァイオリニストがわざわざ会いに行ったと思うか？』

館原は嘘はつかず、言葉に詰まった。

――彼は優しい。彼自身が気がついていないらしいことを、もどかしいと感じるほどに。

優しくて、真っすぐで、とてもキラキラしてる。

自分の本音は、その顔を曇らせるだけだとわかっていたから、告げたくはなかった。

『僕は障害を仕事にする気はない』

「仕事って、そんな言い方……」

『じゃあ言い方を変える。僕はもう可哀想な人になるつもりはない。だから断った、それだけだよ』

微かに笑んで、スマホの電源を落とした。

「もうってどういう意味？」

吹野は逃げるように歩き出す。

「響さん、俺はもっと出版社の人と話し合うべきだと思う。どんな結果が出るかもわからないうちから諦めてしまうなんて、響さんはそれでいいわけ？」

急ぎ足になるとやけにスピードの出る道は、平らに見えて緩《ゆる》やかに下っていた。

いつの間にか風も出ていた。ちらと頭上を仰ぎ見れば、陰《かげ》る星もろくにない夜空を雲が早く流れている。

左から右へ、東から西へ。黒くうねるような、心許ない気持ちにさせる雲だった。


「なにか割引券などお持ちですか？」

チケット売り場で問われ、吹野は咄嗟《とっさ》に首を左右に振った。

障害者手帳を提示すれば無料で鑑賞できる美術展なのは知っていたけれど、手帳を出さずにそのまま購入した。気が引けるからというのは、取り出したがらない自分への言い訳だろう。足を踏み入れた館内は、平日の午後だけあってさほど混雑はなく、絵画をゆっくりと見て回るにはちょうどいい。

一緒にくる予定だった館原は仕事になってしまった。

休日のはずの朝。サンドイッチにした焼き立てのパンを朝食に食べようというまさにそのとき、マネージャーの西上から連絡が入った。瑠音が、音合わせを兼ねた打ち合わせをしたいと急に言い出したらしい。

先週ビストロで話に出た、『しっくりこないアンコール曲』を変えたいのだとか。

館原は難色《なんしょく》を示したものの、結局は予定変更で仕事に向かった。軽井沢から戻ったときと同じだ。

残念ではあるけれど、心のどこかにホッとした思いもある。

あれから一週間、逃げるように話を終わらせてしまったせいで、館原との間にどこかぎこちない空気が残り続けている。

ガラス窓の曇りみたいな感じだ。日の射《さ》さない部分があるにもかかわらず、気づかない振り。どことなく薄暗くなった部屋で、日当たり良好と意識を逸らし続けている。

一方、館原は家にいても練習の時間を長く取るようになった。瑠音に、しっくりこない理由を演奏のせいと仄《ほの》めかされたのが原因のようだった。

リビングでも身じろぎもせず譜面《ふめん》を見つめ、考え込んだ表情を浮かべているときがある。近寄りがたいほどに張り詰めた空気。瑠音と衝突し合うのは、二人ともプロの音楽家であり、そこに一切の妥協はないからだ。

自分の立ち入れる世界ではない。

籠《こも》った防音室からは、本当に微かな音も漏れていないのかさえわからない。聴衆《ちょうしゅう》の一人にさえ、まともにはなれない。

刻一刻と変わりゆく景色。足を止めた油彩画《ゆさいが》の海も、心を映し出すかのように不穏にうねっている。

画家は一体どんな海を見つめて描いたのか。力強く立ち上がった波が、今にも崩れそうに白い波頭《はとう》を浮かべているのを吹野はじっと見つめた。

極僅《ごくわず》かに覗く水色。空に薄日は射しているようにも見えるが、探してようやく見つかるほどに遠退《とおの》いた晴れ間は微かだ。厚い雲に光を奪われた海はどこまでも暗く、ほとんど黒に等しい色で描かれた波の手のひら。

一時も留まることのない波を重々しく描写した絵画は、時を止めたかのようだ。

眺める吹野も時間を忘れた。

「…………ノルマンディー地方のエトルタの海です」

ようやく次へと歩き出そうとして、いつの間にか学芸員の女性が傍《そば》に立っていたことに気がつく。絵画の解説か、自分になにか話しかけていたのかもしれない。

一つ結びの髪のスーツ姿の女性に、吹野は曖昧《あいまい》な笑みを浮かべて立ち去る。心臓がまた悪い感じにドキドキしていた。

ふと、青いエプロン姿の女性店員のことを思い出した。

「視聴してみませんか？」

あの日、声をかけられた。

大学生のときだ。魔が差したとしかいいようがない。吹野は人生でただ一度だけ、ＣＤの販売コーナーに足を踏み入れたことがある。映画のＤＶＤを借りようと、レンタルショップを訪れたときだった。

気がつくと傍らに朗《ほが》らかな若い女性店員が立っていて、自分になにか話しかけていた。

ニコニコと笑みを向ける店員は繰り返した。

「ぜひ視聴してみてください」

『結構です』と手を横に振ったつもりが、なにを勘違いされたのかヘッドフォンを差し出された。

「クラシックがお好きなんですか？　館原新良《しんら》さん、男性ファンもたくさんいらっしゃるんですよ」

足を止めていたのはクラシックのコーナーで、ふらっと近づいてしまったのは、姉の机で見たCDのヴァイオリニストの新譜《しんぷ》が発売していたからだ。

棚端の目立つ位置で、コーナーになっていた。貼られたポスターの姿は、以前見たジャケットよりも随分大人びて見えた。まだ十代のはずながら、青年でも通用しそうな落ち着きで、早くも風格さえ感じさせる。

ヴァイオリンのネックを手にした男は、ボウタイのない黒いシャツにパンツのややラフな姿で、片膝を立てて床に座っていた。こちらを正面から見据《みす》える切れ長の美しい双眸《そうぼう》はやや鋭く、射抜かれたようになる。

「今回のタイトルはバッハの無伴奏《むばんそう》ヴァイオリン作品集です。もちろんシャコンヌも収録されていますし、本当に待ちに待った発売で」

壁際の視聴機の前に立った吹野は、手にしたヘッドフォンを恐る恐る嵌《は》めてみた。

柔らかに耳を圧迫する、クッションの感触。

もしかして、なんて気持ちがあったのなら自分は愚《おろ》かだ。ほとんど勢いに押されての視聴ながら、遠い晴れ間のような微かな期待が、自分に残っていた気がする。

もちろん音なんて聞こえやしない。

一音たりとも。どんな曲かもわからない。そもそも自分が三歳のときに習ったはずのヴァイオリンの音色さえも、もう忘れていた。

明るい店内で暗がりを目にした。

部屋で一人、ベッドの上で棺《ひつぎ》にでも収まったように綺麗に横たわり、目を閉じたときのあの感じ。

どこでもない空間にぽっかり浮かんだ自分。

聴いている振りをするだけの時間は、あまりに虚しく惨《みじ》めで、黒い波に飲まれ続けているかのようだった。

『十八時には終わるから、食事だけでも一緒に行こうよ』

美術館の併設《へいせつ》のカフェでスマホを確認すると、館原からラインが届いていた。

夜は瑠音は別の仕事が入っており、長引くことはないらしい。『じゃあ、時間が合いそうなら』と約束をした。『家まで迎えに行く』と返事がきたけれど、『僕も一度帰るよりそっちに行ったほうが早い』とスタジオの近くの待ち合わせを希望した。

本当言うと、一旦家に戻るほうが電車の乗り換えも少なく楽だ。

迎えの手間をかけさせたくなかった。

今からならのんびり向かっても早すぎるくらいだ。路線を調べ、来たときとは違うＪＲの駅へと向かった。まだ帰宅ラッシュは始まっておらず、乗り込んだ電車も座れるほどの余裕があった。

車内は無音だ。人の会話も走行音も、なに一つ響かない空間は、電車の揺れに反し穏やかで、つい眠気を誘われて気が遠退《とおの》いた。

ゆらゆらと頭を揺らしそうになり、ハッとなる。気がつくと、目の前に立っていたはずの人がいなくなっていた。向かいのシートの人の姿も。残った人も連れ立つように降りていくところで、吹野は一人残され焦《あせ》った。

まだ電車は二駅ほどしか進んでいない。振り返って背後の窓を確認すると、向かいのホームに停車中の電車に多くの人が乗り込んでいた。

何事かあったのは確かながら、こんなとき響くはずの車内アナウンスを吹野は聞くことができない。慌てて降りても、状況も正解もわからないまま。

向かいは反対方面の電車のはずだ。

乗り込むべきか否か、一部の人は階段へ向かっている。焦ってスマホを取り出した。誰かに訊くしかない。ほぼ満員状態の電車の、扉近くに立ったスーツ姿の中年の男性に声をかけた。

「あ、のっ……なに…はっ……あひまっ……」

焦りすぎて声にならない。上手く舌が動いていないことすらわからず、相手の奇妙なものでも見るような目で感じ取る。

吹野は手にしたスマホを指差した。ただならぬ気配だけは伝わったようで、男は手元に注目してくれたものの、文字を入力する間に発車ベルが鳴っているらしいと気づいた。

遠くで手を大きく動かす駅員の姿。電車から離れるように言っているのだと思った。

なにもわからないまま身を引き、扉は閉じた。ガラス越しの男の困惑顔が動きだす。発車した電車をなす術《すべ》もなく見送り、吹野は駅員のいるほうへとホームを急いだ。

電車からなかなか離れようとしなかった吹野に、制服姿の若い駅員は初めは険《けわ》しい顔で、何事か早口で言っていた。

『聴覚障害でアナウンスが聞こえません。なにかありましたか？』

ようやく入力できた文章を見せると、途端に気まずい顔へと変わり、踏切事故があったと教えてくれた。電車はこの先上下線とも止まっており、急ぎの人には先程発車した上り線を利用し、隣駅でほかの路線へ乗り換えるよう案内されていたのだとわかった。

電車はもう、事故の処理が終わるまで動かない。

吹野は呆然としつつも、礼だけはスマホで告げてその場を離れた。

タクシー乗り場へ行ってみると、出遅れたせいでもう長蛇《ちょうだ》の列だった。並ぶか、電車が動き出すのを待つか。ほかの駅まで歩くという手もあるにはある。

急がば回れという言葉もあるものの、とてもじっとしていられず、ほかの路線の駅を利用することにした。

まだ西日はきつい。途中でタクシーに運よく出会えればという期待は叶わず、へとへとになって辿り着いた駅は混雑していた。

不慣れな乗り換えで時間をだいぶロスしてしまい、『遅れるかも』と館原へラインのメッセージを送った。

『まだ仕事してるから、ゆっくりでいいよ。着いたら知らせてくれれば。響さん、気をつけて』

届いた返事は優しかった。

いつもの館原で、それだけで焦りもほっと和《やわ》らいだ。

約束の時間には、少し遅れて着いた。

待ち合わせのカフェは今日も混んでいて、ほかに手頃な店はないかと音楽スタジオのビルの周辺をうろついた。駐車場はまた瑠音と顔を合わせると気まずい。避けるつもりだったけれど、思いがけず館原がそこにいた。

長身の男は、探さずとも目立つ。

仕事はもう終わったのか。

もしかすると、最初から終わっていたのかもしれない。

焦らないようにと、言ってくれただけで――

一人かと思えば、傍に瑠音がいた。二人の車は今日も並んでおり、奥に駐車した瑠音のほうが道路側を向いて喋《しゃべ》っている。

吹野は近寄りがたい空気を、なんとなく感じ取った。咄嗟《とっさ》に立ち去ることもできず、手前のワンボックスカーの陰に隠れて様子を窺う。

「納得はしたんでしょう？　ならいいじゃない。それを知ってどうするの？」

磨《みが》き上げた赤いスポーツカーに凭《もた》れ、溜め息でも零《こぼ》しそうな表情で瑠音は言った。実際、嘆《たん》息《そく》の一つも漏らしているのだろう。

こちらに背を向けた館原の反応がまるで読めなくとも、仕事を終えてもなお二人が揉《も》めているのは手に取るように伝わってくる。

「そりゃあ……お互いすっきりしないまま、当日を迎えるのは嫌よね」

瑠音の赤い唇は、夕闇に変わりゆく空気の中でも目立った。言葉を選ぶ彼女が、いつもよりゆっくりと話しているのが、なにより読《どく》話《わ》のしやすい理由だった。

怒っているのではない。

彼女は、ただ嘆《なげ》いているのだ。

「私、これでもあなたと弾くのを楽しみにしてるのよ？　西上さんからデュオの話が来たとき、相手が館原くんじゃなかったら断ってたかも。私、目立ちたがりだから、自分が主役じゃないアンサンブルなんて気乗りしないの」

悪ぶるように瑠音は言い、苦笑した。

緩やかに感じられる風にも、逆巻《さかま》くように揺れる長い髪。眼差しの凛《りん》とした顔は、館原のほうを真っすぐに仰いだ。

「もう単刀直入に訊くけど……どうして、あの人と付き合ってるの？」

心臓が大きく跳ね上がるように収縮《しゅうしゅく》すると同時に、やはり気づいていたのだと腑《ふ》に落ちる。

正面切って問うのが彼女らしい。

「言葉のままの意味よ。性別よりもね、なんで聞こえない人とって、気になるじゃない」

瑠音は身を引く素振りを見せた。

どんな反応が返ったのか。館原の後ろ姿からは吹野には察せられない。

「こわ、そんな顔しないでよ。しょうがないでしょ、誰だって思うわよ。私みたいに言えるか、言えないかの違いだけ……だって、あなたのヴァイオリンが聴こえないのよ？　あなたのバッハもベートーヴェンもチャイコフスキーも、コンチェルトもソロも、なにもかも！　そんなの、ありえない」

瑠音の口の動きが大きくなった。

早口になる。後半はところどころしか理解できず、肩で息をするように大きく呼吸をした瑠音は、元の調子を取り戻しながら言った。

「あなたのヴァイオリンは最高よ。でも最高だから言ってるんじゃないの。聞こえないってつまりね、彼はあなたの努力を知ることはできないってこと。それでもあの人がいいの？」

館原は動かない。

吹野はいくら見つめても言葉の返らない、広い背中に目を向け続けた。

黒いシャツの背は、刻一刻と暮れて辺りを包み始めた暗がりへと馴染もうとしていた。肩に提《さ》げたヴァイオリンケースだけが、灯《とも》った街灯を鈍《にぶ》く反射する。

「自覚ないみたいだけど、あなた変わったわ。ヴァイオリンもね」

瑠音の唇は、確かにそう動いた。

眸《ひとみ》の色まではわかりやしないのに、憐れみが滲《にじ》んだように思えて、吹野は気づいたときにはもうその場を離れていた。

ただ歩き出した。

ビルの谷間の空はまだ藍色にもかかわらず、並ぶ窓明かりが街を夜へと変えていた。彷徨《さまよ》うように景色を撫でた目に、名前もわからない星が映った。街明かりにも消されることなく、夕闇にさえ輝く星。小さくとも、きっと一等星に違いない。

冬の星座、オリオンが頭を過《よ》ぎった。全天に二十一個しかない一等星の二つを有《ゆう》した星座。

あの中心で輝く、三つの星を思った。

帰りついたマンションの三階の部屋の明かりが灯っていることに、吹野は慌てた。遅くなるつもりはなかったけれど、疲れ果て公園でぼんやりするうちに時間が過ぎた。急ぎ足で帰宅し、預かった合鍵で部屋に入ると、狼狽《うろた》えた様子の館原がリビングから顔を出す。

「響さん！」

吹野は手話で詫《わ》びた。

——ごめん、もう帰ってたんだ。

駐車場を離れてから約束を思い出し、『まだ遅れそうだから、今日はやめにしよう。家に帰るよ』とラインだけ入れた。あの場に戻ろうという気持ちにはどうしてもなれなかった。

館原からは了解の返事が入った。『今どこ？』とも添えられていたけれど、それには返せないままだった。

手話で、もう一度。吹野は詫びようと親指と人差し指を合わせながら眉間に持っていく。腕を取って遮《さえぎ》られた。

「もういいよ。べつに食事は今日じゃなくてもよかったし」

館原は首を振る。微笑んでさえいた。

「響さん、それより……大丈夫？」

心配げに問われて頷き、吹野は胸元へ回したサコッシュバッグからスマホを取り出す。

『大丈夫だよ。べつになにもない。ただ電車の事故で乗り換えとか大変だったから、疲れて、ちょっと公園で休んでたら遅くなった』

「……そっか」

入力した文を読む男は、拍子抜けしたような表情だ。

とりあえずリビングに向かい、食事をどうしようかという話になった。デリバリーですまそうと、館原がタブレットを持ってきて、ソファに並び座る。

時々利用する店があるらしい。

メニューを見ていると視線を感じた。てっきり先に見たいのだろうと、タブレットを渡そうとすると、館原がじっと見ていたのは自分の顔だった。

思いつめたような眼差しにドキリとなる。

首を傾げる仕草で問えば、唇が動いた。

「俺は響さんがいい」

吹野は目を瞠《みは》らせた。

意味がわからずにいる顔を見つめる館原は、重たく口を開く。

「瑠音さんへの返事だよ。俺はどんなでもあんたがいい。響さん、本当はあそこにいたんだろ？　俺と瑠音さんが駐車場で話してるの、聞いたんじゃないのか？」

驚いた。言い逃れはできないのを、揺らぎのない黒い眸に感じた。

あのとき館原に振り返る気配はなく、もし気づいていたとするなら。

「瑠音さんが、響さんらしい人が去ってくのを見たって。早く言ってくれたら追いかけたのに」

眉根を寄せながらも、館原は目を逸らしはしなかった。もどかしさは瑠音の対応よりも、自分にあるのだとわかる。

「さっきの『なにもない』って、なに？　なんでそうやって……あんたはいっつも平気そうな顔するわけ？　こっちに来てから時々様子おかしいの、俺が気づいてないとでも思った？」

吹野はタブレットを目の前のテーブルに置き、代わりに自分のスマホを手にした。

『べつに大したことじゃ』

『なかった』とメモに続けようとして、手を止める。

入れたばかりの文字を消した。

「響さん？」

『なんて言えばよかったんだ？　なんて言えば、正しかった？　傷ついたから慰めてほしいって、そう言えばよかったのか？』

隣から画面に送られる視線を感じながら、吹野は指だけは淡々と動かし続けた。

『そしたら、君は僕に優しくするんだろうけど、僕は君に甘えるだけの存在にはなりたくない』

左腕に触れられた。

こっちを向いてほしいの合図。

「甘えるだけどころか、本音さえ滅多《めった》に話してくれないのに？　こないだの本の話だってそうだったろ。刺繍《ししゅう》のことも、今日のことも……昔のことだって。俺にはいつも当たり障《さわ》りなくすませようとする」

吹野は手話で返した。

静かに館原を指差した。親指と人差し指の腹を合わせながら、自分の眉間へ持っていく。先ほど詫びようとしたときと同じ、眉間をつまむような動作で、それからそのまま喉元へと移し、指を開きながら斜め前に下ろした。

——君に、迷惑をかけたくない。

一瞬、目を硬く閉じる。表情を添えて、強調を表す。

吹野が真っすぐに唇を見つめて言葉を読み取るように、館原も真摯《しんし》に白い手が手話を形作るのを見ていた。

「迷惑なんか……俺には負担じゃないって、前も言ったろ」

その優しさに、吹野の口元は自然と綻《ほころ》び、指をスマホの画面に戻した。

『今日は帰ってしまって悪かったよ』

「だから、そんなのはっ……」

『僕のことで彼女と揉めさせてしまったし。波木《なみき》さんとはこの先も共演する機会があるはずだから、関係を悪くしないでほしい。僕が言うことでもないけど』

「響さんのほうがよっぽど大事だろ。この先ずっと……」

俯《うつむ》いて文字を入力し続ける吹野は気づけない。揺さぶるように腕を取られ、顔を起こした。

「もしかして、俺と響さんとの関係はずっとじゃないとでも思ってる？」

ぎこちなく顔を強張らせてしまい、館原の顔も険しくなった。

「はっ、なんだよそれ。ちょっと前まではセフレ扱いで、今度は期間限定の恋人？　勘弁してくれよ。俺に遠慮してるみたいなこと言って……あんた、どんだけ勝手なんだよ」

吹野が、右手の親指と人差し指を眉間へ持っていこうとすると、また謝るつもりだと早くも察した男は薙《な》ぎ払うように手を動かして崩した。

「俺は、謝ってほしいんじゃない。こないだ言ってたよな……『可哀想な人』になるつもりはないって。けど、いつも可哀想でいようとしてるのは響さんのほうだろ。そうやって自分を蔑《さげす》んで、線引きしてるのはあんたのほうだ。切り捨てられる俺は、いちいち傷つくってのに」

首を振り、文字で綴《つづ》った。

『切り捨てたりしてない』

「でも、俺との未来はないんだろ？　あんたがいつも俺に甘えたくないのは、俺のためじゃなくて、自分がカッコ悪くなりたくないからだよ。本のことだってそうだ。俺はやっぱり、もっとちゃんと出版社と話し合うべきだと思う。でも、あんたは……」

『終わった話だ』

「終わってない！　俺ならまだ諦めない。俺ならもっと、自分の音楽を人に知ってほしいって思うから。響さんはそうじゃないのか？　苦労して作ってる作品だろ？　あんなに手間のかかる作業、よっぽど本気じゃなきゃできない」

『僕は君とは違う。刺繍はそんなつもりで始めたわけじゃない』

吹野は画面を突き出すように見せた。

嘘じゃない。

刺繍はただの暇潰《ひまつぶ》しだった。明日がどんなに不要のものに思えても、無用の平等で日はまた昇る。

新しい一日は、うんざりするほど休まずやってくる。

刺しかけの刺繍だけが、明日を必要とする理由だった。理由は多いほどいい。そうやって刺繍に没頭《ぼっとう》するうちに手慣れて、テーブルクロスもカフェカーテンも、大物のベッドカバーさえも増えすぎてしまい、ネットで販売することを思い立った。

たまたま人の目に留まっただけだ。たまたま、気に入ってくれる人もいたという、ただそれだけ。

なのに、吹野は目を逸らせずにいた。

聞きたくもないのなら、その顔から目を背《そむ》けてしまえばいいのにできなかった。

「今もそうなのか？　始めたときから、全然変わらないわけ？　自分に嘘ついてるだけだろ。障害が注目されて、利用されてしまうかどうかなんて心配する前に、障害を知られるのが嫌で話せないいんじゃないのかよ」

空気の振動は感じられない。音は一つも伝わらないのに、唇の動きだけで心が揺れる。

館原の言葉にグラグラになる。

『そうかもしれない』

窮屈《きゅうくつ》な画面に放つ言葉。スマホの上でフリックする吹野の指は震えた。

恐れているくせに、言葉にするのを止められなかった。

『って言えば満足？　君にはわからないよ。君は「普通」の振りなんてしたことないだろう？　人に背中を向けられただけで不安になったことは？　隣で笑ってるのが自分のことじゃないかって、疑心暗鬼になったことは？　僕はある。学生の頃から何度もね。そんな自分がずっと嫌いだった』

指先から迸《ほとばし》るように吐露《とろ》した。

今まさに、隣の反応が怖い。こんな思いは久しぶりだった。

『僕は優秀なんかじゃない。高校や大学で授業についていけたのも、家庭教師がいたからだよ。就職活動も障害者枠を避けて、一般枠に拘《こだわ》ったせいでうまくいかなかったしね。障害をクローズにしていられるほどの能力は、僕にはなかった。努力でどうにか立てたのは、スタートラインにもならないような場所だった。日本語なんて喋れて当たり前だし、文章が書けるのも当たり前。「てにをは」の使い方がおかしいなんて、普通の人にはありえない。就職やめようかなんて愚痴《ぐち》を零《こぼ》したら、母さんはホッとしてる感じだった。無理することないって。まさかそれで別荘の管理を口実に軽井沢に引きこもってしまうなんて、思ってもいなかったようだけど』

「……響さん」

『僕が恵まれてるのはわかってる。君の言うとおり、僕は』

「響さんっ！」

声は強くとも届かない。

「わかった……もう、わかったから」

腕を揺すられても続けようとした文字、画面に大きな手を被《かぶ》せられた。底なしの沼みたいに、心の深く淀《よど》んだところ。秘め続けた思いは、吐き出すほどに自分だけでなく、隣の優しい男さえも傷つけてしまう。

「え……」

館原の唇は僅《わず》かに開いた。

手指を動かし、吹野は言葉にした。

——君が好きだよ。

はにかむように微笑み、天井を指差す。

戸惑う男の手に隠された左手のスマホをそっと引き出し、過去の重たい話をクリアしてから入力した。

『覚えてる？　高校のとき天文部だったって言ってたこと』

「あ……ああ、うん」

『星も好きなんだ』

「……響さん、光が好きだもんね」

館原は思い当たったように応えた。

きっと、冬のイルミネーションのことを言っているのだろう。

光は美しい。人工的な明かりも、気の遠くなるほど遥かな夜空で輝く星も。

眩しさに焦《こ》がれて見つめてしまう。

『新良、君もそうだよ。星なら間違いなく一等星だ。オリオン座なら、ベルトにはいないかな』

「ベルト？」

『オリオン座の真ん中に三つ星が並んでるだろう？　あれがオリオンのベルト。地球からは三つ隣り合ってるみたいに見えるけど、本当はすごく離れてる』

「離れてるって……どのくらい？」

『千光年以上かな。君はきっとベルトにもいなくて、青いリゲルだ。すごく大きくて、太陽の二十万倍くらい明るい』

吹野は口元を綻ばせて笑んだけれど、館原は表情を変えないままだった。

「……どうして急にそんな話を？」

戸惑いを滲ませた男は、きっと続く返事にもう気づいていたのだろう。

『僕は軽井沢に帰るよ』

吹野が綴った文字には、無反応だった。

スマホを奪い取ることも、大きな声に口を動かすこともなく、ただ左腕に触れたままの手に力が籠るのを感じた。

『ここに来て、もう半月以上になるし、君も来週は大阪での仕事もあるだろう』

「だからって、こんなタイミングで……」

『僕は君のことも、君の音楽も、同じくらい好きだし大事なんだ。今は波木さんとのデュオに集中してほしい』

吹野は、小さな手のひらの上の世界に綴った。

『君は誰よりも輝く星だから』

目蓋《まぶた》越しに揺れる淡い光を追いかけるように目を開けた。

風に緑深い木立《こだち》が揺れている。額《ひたい》の上で躍《おど》る前髪に吹野《ふきの》は幾度か目を瞬《しばた》かせ、雲の早く流れる空を見つめた。

軽井沢《かるいざわ》に戻り、一週間になる。

八月。いつもの夏だ。東京に比べれば気温も過ごしやすく、目に優しい緑に、肺も喜ぶ澄んだ森の空気。気忙《きぜわ》しい人の流れにうんざり顔で揉《も》まれる必要はなく、森の中ともなれば人影さえ目に入らない。

吹野は山の上の小さな広場にきていた。

両手両足を大の字に広げて寝そべっているのは、大自然を満喫《まんきつ》するためではなく、ギンガムチェックのピクニックシートが、時折吹きつける強い風に捲《めく》れそうになるせいだ。

一人分のスニーカーでは、押さえるには心もとない。『ピクニックをしよう』と言い出した館原《たちはら》と、ホームセンターにシートを買いに行ったのは、もうずっと以前のことのように思えた。

――ほんの三週間くらい前なのに。

冷たい。

探った地面は、ひんやりと感じられる。手に触れるものは、今は右も左もシート越しの地面のざらつきばかりだ。

吹野は掲《かか》げた左手をぼんやり見つめかけ、むくっと身を起こした。休憩は終わりと刺繍《ししゅう》に戻る。曇《くも》りがちな日にきたのは、屋外で作業するには日差しは優しいほうが向いているからだ。丸い刺繍枠《わく》にピンと張った布の中は、もう秋どころか冬さえ始まっている。落葉した木々の枝がモチーフの、網《あみ》の目のように張り巡らせた刺繍。手に取る人のニーズを考え、季節を先取りするのがいつからか当たり前になった。

完全な趣味とは、もう言えないのかもしれない。それでも仕事と呼ぶのに抵抗があるのは、収入よりなにより、館原や瑠音《るね》のようなベストを尽くしてはいないからだろう。

なにも世界的な音楽家たちと比較する必要はない。けれど、館原の言うとおり、今の自分は障害をつまびらかにすることから逃げる癖がついてしまっている。

軽井沢に戻り、作品の販売を再開した。

ハンドメイドの通販サイトやツイッターには、購入してくれた人からの喜びの声が『もりのひびき』宛てに届く一方、『今回も売り切れで買えなくて残念』というコメントももらった。

買えずに自分で作った人もいた。

『母の誕生日にどうしてもランチクロスをプレゼントしたくて、以前紹介されていた図案を参考に思い切って自分で作ってみました。リボンの刺繍です。ワンポイントだけど、すごく喜んでくれました！　また作ってみたいです』

図案があれば、喜ぶ人もいる。

けれど、誰もが同じように刺せる図案にするのは容易ではない。ワンポイントの刺繍一つとっても、ステッチはアウトライン、チェーン、サテンなどの基本を中心に、複数で柄を表現する。使う糸の本数が変われば、刺しやすい刺繍針の号数も変わってくる。

出版社のサポートがあれば、プロの文章でわかりやすい説明もできるのだろう。

自分に自信がないばかりに、作品以前のつまらない体裁《ていさい》に拘《こだわ》って、せっかくの与えられかけた機会をふいにした。

今更終わった話だと否定しようとする度《たび》、館原の言葉が頭に蘇《よみがえ》る。

——俺なら諦めない。

一目一目布に針を刺す度、あの会話を思う。刺繍は自分を整理する時間でもある。単純作業を続けていると、心から余分なものが削《そ》ぎ落とされ、必要なものだけが残る。

——必要なもの。

ポツリと冷たい雫《しずく》が指を打った。

顔を起こすと、空は流れるだけでなく灰色のうねりを帯《お》びていた。東京の美術館で見た、エトルタの海みたいな不穏な空色。

ひどく重たく、ひどく暗い。いつの間にと、傍《かたわ》らのバスケットに道具をしまい始め、空がピカッと光ってビクリとなった。もしかすると、だいぶ前からゴロゴロと音はしていたのかもしれない。

雷は苦手だ。

誰だって遭遇したくないものながら、音のわからない吹野には距離感さえつかめない。まだ遠いのか、すぐそこまで迫《せま》っているのか。

確かめられるのは稲光《いなびかり》だけだ。

瞬《また》く間に雨は本格的になり、慌てるあまりバスケットの蓋《ふた》をちゃんと閉め損《そこ》ねた。車に積もうとして留め具が外れ、中身がバッと草むらに散乱する。

「……っ……」

愕然《がくぜん》としている間はない。刺しかけの布さえ無事ならいいと気を取り直し、吹野は急ぎしゃがんで拾い集める。

風向きも悪く雨に濡れてしまった道具を、どうにか白いステーションワゴンの助手席に放り込み、車体にへばりつくように捲れ上がったピクニックシートに手をかけた。

羽織《はお》った生成《きな》りのリネンシャツは風を孕《はら》み、雨粒が身を打つ。畳《たた》む暇はなく、ぐるっと丸めようとしたところで、また強い閃光《せんこう》が空に走った。

「……ああっ」

思わず声を上げた。

恐怖にしゃがみ込むも、森は静かなままだ。強風に晒《さら》され、大粒の雨に打たれ、空には雷鳴が轟《とどろ》いていようと、吹野の森は丸ごと飲み込んでしまったかのように、静寂を保っている。

——どこも凪《な》いでなんかいないのに。

吹野は荒れる空を仰《あお》いだ。立ち上がって雨に濡れるまま、厚い雲の中を走る雷光《らいこう》を見つめ、口を開く。

「ああ――っっ‼」

叫んでみた。

悲鳴にもならない奇声を上げようと、誰も聞いてはいない。

森の中はいつも自分一人。

一人でいても、たくさんの人に囲まれていても。

一人でいるのは気楽だ。でも正直、べつに一人が好きなわけじゃない。

だから、いつも聞こえない音のことを考える。人前ではドアの閉め方、コーヒーカップのソーサーへの戻し方。周りが不快に感じる音を立てないようにと所作《しょさ》には気を配ってきた。

自分自身は一つも聞こえやしないのに。

――馬鹿みたいだ。

何度かアーアーと叫ぶ間にずぶ濡れで、物理的に頭も冷えて運転席に乗り込んだ。丸めたピクニックシートを助手席の足元に置くと、前を見る。

ワイパーも動いていないフロントガラスを、だらだらと雨が流れ、ごうごうとした木々のうねりはまるで嵐だ。

気づけば頬が不快だった。濡れた前髪からもポタポタと雫《しずく》が垂《た》れ落ち、軽く自己嫌悪しつつ、手の甲で何度も顔を拭《ぬぐ》った。眦《まなじり》も頬も止めどなく濡れる。前髪からの雫が、収まってからもなお。

——帰ろう。

軽井沢の穏やかな生活に不満はない。刺繍の作業も材料の揃ったこちらのほうが捗《はかど》る。目でも肌でも自然に触れるうち、新しい図案もいくつか浮かんだ。

ただ酷《ひど》く欠けたものを感じるだけだ。

季節の刺繍を施《ほどこ》したクロスのダイニングテーブルで一人食べる食事を、つまらないと感じるようになったのは、今始まったことではない。夜にベッドで一人横になり目蓋を閉じれば、どこでもない場所にぽっかり浮かび、漂い出しそうになる。

隔《へだ》てる音の壁のない世界は、内も外もなく。

そんなとき意識する。

自分は淋しいのだと。

次に彼に会える日を望むほど、考えずにはいられなくなる。自分は、隣に並び続けるのに相応《ふさわ》しい存在なのかを。

いつの間にかハンドルへ視線は落ち、吹野はハッとなったように顔を起こした。

入れたまま存在を忘れていたスマートフォンが、シャツの胸ポケットでぶるっと身震いでもするみたいに震えた。

『休憩中。響《ひびき》さん、なにしてる?』

館原からのラインだ。

拍子抜《ひょうしぬ》けするほど普通で、不穏な稲光の元で受け取るにはからっとして感じられた。

東京で別れたときもそうだった。気まずい別れになると身構えていたのに、翌日東京駅まで車で送ってくれた館原は、返そうとした合鍵も『持っていてほしい』とくれた。

前夜の蟠《わだかま》りなどないかのように笑って。

吹野はすっと軽く呼吸して返信する。

『ピクニックだよ。山の上でのんびり』

『一人でずるいな』

『するつもりが、叫んでたところ』

無難に返したものの、こんなことを繕《つくろ》ってもしょうがないと思いなおした。

『え、叫ぶって? なんかあった??』

『夕立、雷ひどくて最悪だよ。一人で怒って叫んでた』

『そりゃ災難。カミナリ危なくない?』

『大丈夫、もう車の中だよ。そっちは今日も波木《なみき》さんとのリハーサル?』

東京を皮切りに、全国八公演。プログラムは二種あり、負けず劣らずの完璧主義の二人は、時間の許す限り詰めていくつもりだろう。

『もうすぐだからね。響さん、来てくれるだろ？』

チケットは随分前にもらっている。

『もちろん、楽しみにしてるよ』

迷わず返す。今のも繕いなしの自分の本音なのかはわからなかった。

吹野はダッシュボードの上の本に手を伸ばす。

演奏予定の曲の楽譜だ。譜面《ふめん》で予習したところで頭で音が鳴らせるわけではないけれど、いても立ってもいられない気分で購入した。

——昔、館原のコンサートに行ったときと同じ。

仰げば、フロントガラスの向こうはまだ嵐だ。


翌日はまた朝から快晴だった。

雷雲《らいうん》は次の挑戦者でも探しに行ったかのように失せ、からりとした夏の空気。

まさに避暑地の本番だ。夏の軽井沢は、束《つか》の間《ま》の涼を求める観光客でところによっては都内と変わりないほど混雑している。

午後、吹野は中軽井沢《なかかるいざわ》の郵便局へ来ていた。

湖畔《こはん》の洋館、旧軽井沢郵便局舎のような歴史建造物には遠く及ばないものの、黒塗りの木造風の局舎は落ち着きがある。この辺りは人気《ひとけ》も少ないため吹野はよく利用していた。盆休み前だからか、いつもよりは客も多く、番号札を取って長椅子に座る。

荷造りした通販の品の発送だ。

窓口で必要になりそうな会話を、スマホにあらかじめ入力していたところ、目の前の金融窓口にいる纏《まと》め髪の女性が不意に振り返った。

吹野のすぐ傍《かたわ》ら、長椅子に寄せてベビーカーが置かれている。母親らしい女性はあやす声をかけつつ、吹野と目が合うとどういうわけか気まずそうに頭を下げた。

さり気なくベビーカーを覗いてみる。

スヤスヤと眠っているとばかり思っていた赤ん坊の顔は真っ赤だ。しかめっ面《つら》にぎゅっと握り締めた両手。どうやらぐずって盛大《せいだい》に泣き出したらしい。

母親は気にしつつも、窓口でなにやら話し込んでいる。局員はみな忙しそうにしており、ほかの客は迷惑顔か素知らぬ振り。もっとも近い位置の自分は、泣いていることにも気づかない聴覚障害ときた。

吹野はチラチラと赤ん坊の様子を窺った。

子供の喜びそうなものはなにも持っていない。スマホの画面をチラつかせ、興味を引こうと揺らしてみるも、ぎゅっと目を閉じてしまう。

思い切って、鼻を鳴らしてみた。

周囲の客に気づいた様子はなく、『んっ』ともう一度。

ほんの数小節ながら、ジングルベルと一緒に思い出した子守歌だ。館原がクリスマスのコンサートで弾《ひ》いた『シューベルトの子守歌』で、歌詞は知らない。クラシック好きの母が聴かせていたのは、原曲だったのかもしれない。

鼻歌にはちょうどよかった。

フンフンとハミングに変える。相手が赤ん坊という気安さだった。短いメロディをリピートするだけだろうと、音程が盛大に違っていようと、ヘタクソと罵《ののし》られる心配はまずない。

赤ん坊の反応のなさに、もしや鳴らせてもいないのかと不安になり始めた頃、パッと目が開いた。

きょとんとしている。こちらを見つめる黒目がちな眸《ひとみ》。どうやら珍妙なハミングに気を取られ、泣き声は夕立のようにぴたりと止《や》んだらしい。

きゃっきゃと笑うほどの喜びは感じられなくとも、とりあえず成功か。吹野は目を細めて微笑《ほほえ》み、ベビーカーの中で揺れるぷっくりとした手を見つめる。

随分と小さい。

昨年生まれた姉の子供を思い出した。今はもっと大きく育っている頃か。

母親が窓口を離れる気配に、吹野はハッとなって顔を起こす。

怪しい奴が覗いていると思われてしまったかもしれない。バツも悪く、素知らぬ振りでいよ

うとしたところ、女性の唇が動いた。

「すみません」

吹野は『あ』となる。

「子守歌、ありがとうございます」

鼻歌が聞こえていたらしい。はにかんだ笑みを向けられ、今度は別の意味できまりが悪い。

悪い気分ではなかった。

曲がりなりにも人の役に立てた。

自分の声が。

記憶の欠片《かけら》の音楽が。

郵便窓口に番号札のナンバーが表示されるまでの時間は、どこかふわふわとした落ち着かなさだった。発送をすませている間にベビーカーの親子は帰ったらしく、吹野も何事もなかったかのように表に出る。

来るときは厳しかった夏の日差しが、心なしか優しい。

空の青に、木漏れ日を躍らせる街路樹の緑。目を細めつつ、駐車スペースに停めた車に乗り込もうとすると、パンツのポケットでスマホが震えた。

ラインだ。母からだった。

この時期の用件はだいたい決まっている。

『響、元気にしてる？　もうお盆だけど、いつ帰ってくるの？』

想像どおりの内容に苦笑しつつも、心配をかけて悪いとは思っている。

吹野は返事をしようと車に凭《もた》れ、ふと頭上を仰いだ。

揺れる木々の葉陰《はかげ》でキラキラと瞬《またた》く光が目に入った。


吹野家の盆は早い。

全国的にお盆といえばだいたい十三日からながら、本来は一日から精霊を迎える準備は始まっているらしい。

地獄の釜《かま》の蓋《ふた》が開く日。釜蓋朔日《かまぶたついたち》なんて言葉を母から聞かされるようになったのは、軽井沢に移り住んでからだ。

息子の帰りを急《せ》かす体《てい》のいい理由に、ご先祖様は使われ始めた。

いつもは先延ばしにしたがる不肖《ふしょう》で親不孝の息子ながら、今年は早めに帰省することにした。

おかげで渋滞にも巻き込まれず、スムーズに車で帰れた。

「響、悪いわね。美琴《みこと》が急に夕方からしか来られないって言うから」

キッチンの作業スペースを指でトントンと叩いた母親は、吹野が顔を起こすと言った。

実家のキッチンは、ちょっとした料理教室でも開けそうなほどの広さだ。母の好みのロマンティックなヨーロピアン調でやや少女趣味なところもある。

向き合う吹野は、軽く笑んで首を振った。

到着早々、夕飯の支度の手伝いだ。

吹野は『どう?』と、ステンレスのバッドに並べた野菜を見せる。ナスにオクラにカボチャ、アスパラに赤パプリカ。縦長に形を揃えるようにカットした色とりどりの夏野菜は、まるで色鉛筆かクレヨンのようだ。

今日は蒸《む》し鶏《どり》の南蛮《なんばん》漬《づ》けがメインで、夏野菜はさっぱりとたくさん食べられるよう、揚げびたしにする予定だとか。

「上手じゃない。随分手慣れてる」

——料理は趣味だから。

吹野はさらっと手話で返した。

「そうだったわね。あなたは昔から手先が器用だったし、男の子でも料理ができると安心よね」

親にとってはいつまでも子供とはいえ、『男の子』なんて言える年でもない。もうあと僅《わず》かで三十歳を迎える。

姉が結婚して孫娘もでき、母もおばあちゃんになった。ミセス雑誌にでも登場しそうないつも小綺麗にしている母親ながら、久しぶりに会えばだいぶ年を取ったように見える。

やけに地味な生成《きな》りのエプロンが、顔映りも悪くしていると気づいた。

普段は、インポートブランドの華やかな花柄エプロンを愛用しているのに珍しい。

「響?」

目が合い、吹野は指差した。

「ああ、エプロン? 気に入ってたのを汚しちゃって。漂白しても取れないもんだから……ガーデニング用にするつもりだったエプロンを使ってるんだけど、やっぱり地味よねぇ」

否定はできない。なにか胸元にポイントになる柄でもあればと、刺繍が自然と頭に思い浮かんだ。

母には、まだ趣味としてやっていることすら話していない。

少しは実益にもなっていると言えば、安心するだろうか。それとも、『男の子』の趣味が刺繍では、安心を通り越して余計な心配を招くだけになるのか。

「エプロン、そんなに変?」

母親の戸惑いに、じっと見つめるままだった吹野は慌てて首を振る。

「そういえば……響、なにか頼みごとがあるってラインで言ってたわね。遠慮しないで言って。困ってることがあるんでしょ?」

それで気もそぞろ、顔色を窺っていると思われたのか。

吹野は心配げな母の目を見つめ、苦笑した。

両手をひらひらと動かして告げた。

――下ごしらえ、終わったら。

姉がいないのはちょうどよかった。

母に続いて階段を下りながら思った。

実家に帰っても、まず近づくことのなかった部屋は地下にある。遮音性《しゃおんせい》だけでなく、残響《ざんきょう》の良さまで考えて施工《せこう》された壁に、拘《こだわ》りのスピーカーやオーディオシステム。家にいながらコンサート気分を味わえるリスニングルームだ。

CDやアナログレコードのコレクション数は、軽井沢の別荘よりもたぶん多い。今も家族が買い足し続け、新譜も揃っている。

館原のCDもあり、ジャケットがパッと目を引く中央のディスプレイ棚に並んでいた。

姉が置いたに違いない。

ドキリとなるも、目的は違った。

「あなたが耳が悪くなる前まで聴いてた曲が知りたいのよね？　クラシックはたくさん聴かせてたけど……」

母は壁面の収納棚を仰《あお》ぎ、吹野はその肩に軽く触れて手話で補足した。

指を軽く曲げた手のひらを母のほうへと向け、くるくる回しながら下げる。右耳に軽く手を当て、両手でタクトを振るような動作も添えた。

――何度も聴いていた曲。

「繰り返し……何度も聴いた音楽ね。思い出してみるわ」

夕飯までの時間はまだある。

家は母と自分の二人きりだ。久しぶりに息子が帰るというのに、マイペースな父親はゴルフコンペに朝からいそいそと出かけたらしく、姉は乳児健診の予約が遅い時間しか取れなかったとかで遅れている。

姉はなにかと詮索《せんさく》好きなので助かった。

「響が物心つく前は優しい曲を中心に聴いてたのよねぇ。リラックス効果のある曲は情操《じょうそう》教育にもいいって言うから……そうそう、私は美琴と同じピアノを習わせようと思ってたのに、あなたったらヴァイオリンが好きみたいで」

吹野はヴァイオリンを弾《ひ》くような仕草を返して、首を捻《ひね》った。

「弦楽器曲のほうが喜んでたの。赤ちゃんがバッハのシャコンヌにまで反応するもんだから、お父さんが『この子は絶対ヴァイオリン向きだ。天才になるかも』なんて言い出しちゃって」

初めて聞いた。

母親と音楽の話をまともにすること自体が初めてだ。

これまで必要もなかったけれど、それ以上に母自身が触れまいと避けてきたのかもしれない。

息子からの頼みごとに応《こた》える母は真剣そのもの、棚のタイトルを丁寧に見て回り、時折「あっ」となってはCDやレコードを手に取る。

最終的にテーブルに二十枚ほど積まれた。結構な量だ。確かに弦楽器のソロやアンサンブルが中心ではあるけれど、交響曲や母の好きなピアノ曲もある。

「よくかけてたのは、この辺りだったかしらね。でも、知ってどうするの？」

――ちょっと調べてみたくて、もしかしたら。

はにかんで手話に変える吹野は、ふと手を止めると今は苦手な発話《はつわ》にした。

声に出して伝える。

「おもい、だせるかも、しれない」

「えっ？」

「クリスマスのひょ……曲とが、子守うた、少し思い、だせた。ほんの少しだけど……ひょう力、してくれる人、がいて」

「協力って……思い出せる方法なんてあるの？」

「目で見る、リズム……かな。ひお……きおくって、引っ張り出せなくても、頭に残ってる、らしい」

普段しないでいる発話も、鈍《にぶ》っても完全に忘れることはないのと同じかもしれない。

元々、目と違い方角問わずに反応できる聴覚は、視覚よりも記憶力に優《すぐ》れると言われるほど敏感だ。

母は半信半疑だった。

思い出すら極僅《ごくわず》かしかない幼少期に聴いた曲が、蘇《よみがえ》ったなんて言われてもにわかに信じがたいのだろう。

テーブルに積まれたCDの中から、吹野は見つけた一枚を手にした。

下手な説明をするより、このほうがいい。

胸元に掲げて母親に見せたジャケットのイラストは、水彩の夜空。星々の散らばる藍色《あいいろ》の空を行く月の小舟には、ウサギと三角帽子のナイトキャップを被《かぶ》った赤ちゃんが乗っている。

子供向けのスリーピングアルバムだ。

シューベルトの子守歌。

やっぱり母は自分に聴かせていたのだと思った。

吹野は「んっ」と鼻を鳴らした。郵便局でそうしたようにメロディをハミングに変えれば、母の表情も見る間に変化していく。

少しはコツも摑んだ――かもしれない。

躊躇《ためら》わずに歌う。楽しんで歌う。館原とヘタクソなピアノでアンサンブルをやったときと同じ。上手にやろう、正しくやろうなんて一つも思わなければ、音楽は楽しくなる。

ここはコンサートホールではなく、聴いているのは誰よりも自分の味方でいるはずの人だ。

「……ホント、ちゃんと覚えてたのね」

「かあさん？」

「あ……ごめんなさい。そ、そういえばほかにも曲を思い出したかも」

母はやや早口に唇を動かした。

急に向けられた背中に戸惑う吹野は、棚に向かったその薄い肩が小さく震え出したのに気がついた。

思い出した。母は失聴《しっちょう》をどんなに気に病んでも、みんなと同じになれないと嘆《なげ》いても、そうだった。

自分の前で泣いたことはなかった。


夕飯の後は父のゴルフのスコア自慢と、姉の育児話に付き合い、吹野が二階の端の自室でゆっくりできたのは夜も更《ふ》けきってからだった。

今や懐かしさすら感じる部屋で、学生時代から使っているどっしりとしたアンティークのマホガニーの机につき、ノートパソコンを開く。

傍《かたわ》らには母に選んでもらったCDやアナログレコード。音源に意味はなく、目的は曲名を知り調べることだ。耳で聞こえなくとも、情報を集めればもしやほかにも——なんて。

欲が芽生《めば》えた。

もっと思い出せるものなら、音楽を取り戻したい。

しばらくすると、溜め息が零れた。

有名曲は演奏動画が素人《しろうと》からプロまでネット上にアップされているものの、特にピンとくるものはない。クリスマスコンサートの奇跡は、館原が自分の好む光を使った演出で、曲調から音の高低まで緻密《ちみつ》に表現してくれたからこそだ。

心奪われ、瞳孔《どうこう》まで開き切っていたのかもしれない。あの晩森に見た光は、眼底《がんてい》から脳裏《のうり》までパアッと明るく照らした。

呼び覚まされた、心の深いところに眠る旋律《せんりつ》。

ハルニレの木々を軽やかに舞う光に、見るもの聞くもの、なにもかもがどうしようもなく輝いていた童心へと誘《いざな》われ――

「……っ……」

ちょうどあの夜の記事を検索でみつけ、自然と読み耽《ふけ》っていた吹野は動きを止めた。

クラシック音楽界のニュースを主に扱うサイトだ。

『世界的ヴァイオリニスト館原新良《しんら》が聖夜の贈り物』

自分まで誇《ほこ》らしくなるような館原の記事に、画面を滑《なめ》らかにスクロールし、サイトのトップへと移ったところで、緩《ゆる》んだ頬もマウスの上の指も強張《こわば》った。

『日本ロイヤルハーモニー交響楽団元首席指揮者、菅井定史《すがいさだふみ》氏死去』

那須《なす》で療養生活を送っていた菅井の訃報《ふほう》が出ていた。

文字を理解しつつも、内容が頭に入ってこない。胸を荒っぽく一掴《ひとつか》みにでもされたように呼吸が上手くできず、吹野の顔からは表情だけが静かに消えていった。

療養と言っても、残された時間を穏やかに過ごすためのターミナルケアにすぎず、別れの日はそう遠くないと知っていた。

知りながらも、奇跡を願わずにはいられなかった。

菅井の思い入れの協奏曲、シベリウスのコンチェルト。オファーがあり、恩師の前で今度こそ演奏できるかもしれないと、館原から聞かされたのはほんのひと月ほど前だ。十月には弾けると、あれほど喜んでいた。

わかっていた。

病魔に侵《おか》された菅井には、それすらも長い長い時間であると。

——きっと、彼も。

吹野は我に返ったように、スマートフォンを手にした。ラインを開くも、館原のアイコンに触れたところでまた動きは止まる。

メッセージは四日前で途絶えたままだ。

サイトの記事の日付は今日でも、菅井が亡くなったのは三日前。館原が知らないはずはない。

知らなかったのは自分だけだ。

連絡が途絶えたのを忙しいからだとしか思っていなかった。

これまでも館原はそういう時期があった。

瑠音との意見の食い違いでも、ピリピリとした緊張感が漲《みなぎ》り、傍《そば》に居ても言葉をかけづらかったくらいだ。

今、どうしているのか。

菅井の死に直面した彼は今――

画面を見据《みす》える。指を動かそうとするのに、言葉が出ない。なんと問うべきか。どんな言葉をかければいいのか。親しい仲の友人すら長い間持ち合わせていない、波も風もない温《ぬる》い生活を送ってきた自分には、こんなときにかけるべき言葉が思い当たらない。

必要なのは、ネットやSNSに溢れているようなお悔やみの定型文じゃない。

「……ひ…っ」

不意に手の中で振動を始めたスマホに、驚いて息が鳴る。

館原からだ。

ラインでもメールでもない、電話の着信に動揺した。

聴覚障害は電話に不向きだ。というか、できない。館原はもちろんこれまでかけてきたことはなく、ただならぬ状況に胸をざわつかせながら画面をタップした。

スマホからはなにも聞こえない。

聞こえるはずがない。

「しん、ら?」

吹野は声を発した。

反応があったのかも、ないのかさえもわからない。

「しんっ、ら? 新良、どう、したの?」

どんなに強く耳に押し当てようと、息遣いさえ感じられることはなく無音のまま。たとえ電話の向こうで館原が叫んでいようと、手の中のものは音圧に震えたりもしない。

硬い板の感触だけがすべてだった。

自分すら聞こえない声でも絞《しぼ》り出さずにはいられなかった。

「……ニュース、見た。ネットで、せんせいのふほ…う、君、だいじょうう? 大丈夫、なわけない……って、わかってるけど……」

冷たい。無機物の感触。

何故か思い出したのは、山の上の広場で探った雷雨《らいう》の前のひやりとした地面だ。

「しんら……」

無力さを覚えた。

自分は役に立たない。電話さえまともに出られない。哀しみを共有することも、安っぽい同情の言葉をかけることさえできず、いつも館原には救われてばかりで。

——こんなときまでも。

「…………ごめん、ひこえない」

そんなこと、言われなくたって館原はわかっている。わかっていてなお、電話をくれたのだ。

きっと自分と同じ、文字では言葉にならず、感情を上手く形に変えられずに電話を選んだ。

これは、館原からのSOSだ。

「聞こえない……だから、そっちいく」

吹野は、長い間座っていた椅子から腰を浮かせた。

放っておけるわけがない。

聞こえないくらいで、諦めきれない。

今の館原を癒《いや》せる体《てい》のいい文面などあるはずもなく、どんな言葉も哀しみを減らせはしない。

たとえ、直接会ったとしても。

だからこそ、会わなければと思った。

「すぐ、いぐっ……しんらっ、家っ、いるの？　しんらっ、そっちいくからっ……ひみのいるところっ……」

あたふたとしながら話す吹野の声は乱れまくりで、ちゃんと話せていないのは気づいていたけれど、それどころではなかった。

もう深夜だ。両親も、泊まっている姉と赤ん坊もみんな眠りについているはずだ。一応机に書き置きを残し、車のキーとスマホを手にガレージに向かった。

ポケットではスマホが何度も震えていた。館原からのラインだ。

『大丈夫』

『こなくていい』

『心配かけてごめん』

『ありがとう。本当に大丈夫だから』

自分を押し留《とど》めようとする言葉が並ぶほどわかった。『大丈夫』と繰り返されるほど、平気ではないのだと。

救いを求める館原を確信した。

――早く行かなきゃ。

久しぶりに家族の揃った家のガレージには、四台の車が眠りについたかのように並んでいる。吹野は明かりを点《つ》け、シャッターを操作すべくリモコンを翳《かざ》した。

端の自分の車に乗り込もうとして、心臓が止まらんばかりに驚いた。

不意に腕を引っ張られた。

「響っ、どこ行くのっ！」

背後に、ナイトウェア姿の化粧っ気《け》のない顔の母がいた。見つかって、呼び止められていたことにまるで気づいていなかった。

「こんな時間にどこに行くのっ⁉」

咄嗟《とっさ》に振りほどこうとする息子に、母は驚愕《きょうがく》の眼差しを向ける。

「だいじっ、大事なひとっ！」

「え……」

「友だちのっ、せんせっが、なくなったから」

吹野は迷わず声を振り絞《しぼ》った。

「ごめん母さん、あとでれんらく、するからっ……友だち、大切なひとなんだっ」


車を近くのコインパーキングに停め、走って辿り着いたものの、エントランスのインターフォンの部屋番号を押しても応答はなかった。

鍵を預かっていて助かった。

軽井沢《かるいざわ》に戻る際、館原《たちはら》のくれた言葉も覚えている。

『いつでもまた来てくれれば』

そう言ってくれた。

吹野《ふきの》は自《みずか》らオートロックを解錠《かいじょう》し、三階へ急ぎ向かった。ドアのチャイムにも反応はなく、不安になりつつ中に入ると、リビングから出てきた男と目が合う。

「響《ひびき》さん、なんで……」

吹野は、ハアハアと荒い呼吸だけを響かせた。

体裁《ていさい》などかまっていられない。

息を切らしたまま近づく。

「しんらっ……い、いえっ、いないかと思った」

喪服《もふく》姿。上着は脱いでいても、首元の黒いネクタイに黒いスラックスの理由がわかる。充血した目元は腫《は》れぼったく、髪もボサボサで、およそ館原新良《しんら》らしくもない。

目の前にいるのは、ボロボロに擦《す》り切れて心が透けるほど弱った恋人だ。

「ど……こが、だいじょうう、なんだっ？」

仰《あお》ぎ見れば、まだ信じられないといった表情をしている。

「……どうしてここに？」

「来るにひまって、るっ……きちゃ、いけなかったっ？」

「そんなことないけど、えっ、だってまだ一時間も経《た》ってないし」

「お盆は、いつも実家で、すごしてる。ひょ、今日、ついたとこっ」

「そ、そうなんだ、教えてくれたらよかったのに」

「きみは、コンサート前だと、思って……こんなことになってるとは、知らなくてっ……」

無事に会えた。

それだけで力が抜けそうになってしまい、とりあえずリビングに移動する。

やや雑然とした部屋。綺麗にしていた頃の面影《おもかげ》もないというほどではないけれど、数日の館原の苦悩が窺えた。

喪服一つとっても、とっくに着替えていなければおかしい時刻だ。

こんな状況でもアルコールに逃げないのは館原らしい。逃避や気休めの酒は飲まないと言っていた。深酒になり、翌日のパフォーマンスに響くのは嫌だからと。

どんなときも、彼は音楽を忘れない。

その音楽を教えてくれた恩師の一人が菅井《すがい》だ。

「響さん、心配かけてごめんな?」

ソファに並び座ると、館原は笑んだ。

吹野は強く首を横に振る。

「ちょっと声が聞きたくなってさ……いや、喋《しゃべ》ってほしかったわけじゃないんだけど、繋がってたかったっていうか……なんか、家に帰ったら急に気が抜けた」

「お葬しき、きょう……」

「うん、午前中の葬儀で、午後も仕事は休みになったけど……家帰ってもなにしたらいいかわかんなくて。西上《にしがみ》さんも気を遣わなくていいのにねぇ」

ははっとまた笑う。自分がどんな姿をしているかも認めたがらない強がる表情は、見ていて余計に辛《つら》くなる。

「ちゃんとお別れはできたと思う。うん、先生は最後まで先生だったな。葬儀の段取りも完璧にできてて、もう少し元気なうちに余命がわかってたら、生前葬《せいぜんそう》にしたのにって話してたって奥さんが。みんなに礼を言いたがってたって……気遣いの人なんだよ、ホント。礼を言い足りないのはこっちのほうだってのに」

「しんら……」

吹野は腕に触れた。それがスイッチになったかのように館原は頭《こうべ》を垂《た》れた。そのまま深く丸まった背は微《かす》かに揺れていた。

そろりと撫でれば、確かな震えへと変わる。

声は聞こえない。

言葉も、嗚咽《おえつ》も。

聞き取ることのできないそれらを、吹野は手のひらで受け止めようとでもするように、ゆるゆると背を摩《さす》った。

「しんら……新良、ごめん、きづかなくて。一人にして、ごめん」

くぐもる声を放った白いシャツの背が、今は少しだけ小さく見える。

言葉に一瞬、震えが止まった気がした。シャツの袖《そで》で軽く目元を押さえ、顔を起こした男は

今度は苦笑いする。

「くそ……あんたにはみっともないとこ見られてばっかりだ」

「それ言うなら、僕はいつもきみに甘えて、助けられてばっかり、だ」

「いつ助けたっけ？」

「いつも、だよ」

「いいね。だったらもっと甘えてもらわないと。でなきゃ、俺の甘える番が回ってこないだろ？」

どんなときも読み取りやすいよう、しっかりと唇を動かし、語ってくれる男を吹野は見つめた。

黒い眸《ひとみ》を館原は細める。

「なぁ、響さん……こないだも迷惑になるから俺に甘えたくないとか言ってたけど、やっぱりそうじゃないと思う。お互いさまなんだって。まぁ……こんな無様な状態で言っても、あんまり説得力ないだろうけど」

あれほど反発したのが嘘のように、すとんと言葉が胸に落ちてきた。

吹野は緩《ゆる》く微笑む。

「ありがとう、新良」

一文字ずつ、丁寧に球でも放り返すように言葉を音に変える。

「どう、いたしまして……っていうか、今は俺が礼を言う番だって」

ふはっと、どちらからともなく笑う。

哀しい夜のはずなのに、胸の中にいつの間にか陽だまりようなものがある。温かい。

なんだろうと思った。この感じ。

ああ、これが『愛《いと》しい』って気持ちなのかなと、今度は聞こえないはずの音楽がふっと脳裏《のうり》に蘇《よみがえ》ったときのように嚙み締めた。

彼はいつも自分の知らなかったものを与えてくれる。

知らなかったけれど、きっとずっと欲しくて堪《たま》らず、焦《こ》がれ続けていたものだ。

「新良……」

体を向けなおそうとした拍子《ひょうし》に、なにかがパンツのポケットから飛び出した。黒革のソファの座面に転がったのは、存在も忘れたままのスマートフォンだ。

部屋着のまま飛び出し、パジャマみたいな格好であることにも気がつく。白いTシャツに、透けそうに薄いブルー系のチェック柄のコットンパンツ。普段の吹野であればコンビニにだって行かない姿だ。

「ごめん、こんなかっこで、きてっ」

焦《あせ》りに、館原は笑った。

さっきよりずっと、無理のない和《やわ》らいだ顔。

「全然普通だし。俺のために慌ててくれたんだろ？　響さんの顔見たら気力戻ってきた」

「そうだ、しんらっ、食事はっ？　とって、ないんじゃ？」

「あー……そういえば、朝からなにも」

「つくる」

「いや、それより……触りたくなった」

眼差しに熱を感じ、僅《わず》かでもドキリとなった自分を恥じたい。

館原は真面目に言った。

「ヴァイオリン、もう三日触ってないんだ」

驚いて、目を瞬《しばたた》かせる。

「弾こうとしたけど、酷《ひど》い音しか出せないのわかってたから……どうしてもその気になれなかったっていうか。先生をヴァイオリンで送るどころか、落ち込んでグダグダやってるなんて、俺もまだまだだな」

「そんな、ことっ……」

ショックを受けるのは当たり前だ。けれど、館原にとっては異常事態に違いない。

「練習する」

吹っ切れた顔の男は、首元を締めつけるだけの黒いネクタイを外しながら立ち上がった。

もう真夜中で、防音室に籠《こも》るのだと思った。

「じゃあ、僕は……」

「ここにいて……いや、傍《そば》にいて。見ていてほしい」

手を差し出されて戸惑う。軽井沢では練習中も傍にいたけれど、ここでは防音室にまで入ったことはない。

「きこえない僕がいても、妨《さまた》げになる、だけじゃないかな?」

「聴こえないほうがいいくらいだよ」

「……?」

「ヴァイオリンの音は、狭い部屋で聴くには大きすぎてストレスだから」

『でも』と、吹野は館原を指差す。

「俺は平気なのかって? ヴァイオリニストも難聴《なんちょう》になる人は少なくないよ。突発性も、騒音《そうおん》性《せい》も……だからピアニストより引退が早いなんて、乱暴なことを言う人もいるしさ。特にね、左耳は壊れやすい」

楽器に近いほうの耳だ。

あまりに残酷な話だった。音楽を愛し、音楽にすべてを捧《ささ》げているからこそ失われる日がくるなど。『壊れる』という言葉が、やけに生々しく感じられ、吹野の顔も声も余計に強張《こわば》った。

「そん、な……」

「それでも音楽がやりたい。今はただそれだけかな。まぁ調子が悪いときはイヤープラグも使うし、もし本当にやばくなったら……響さん、俺の先生になってよ」

館原の指が、吹野の唇を掠《かす》めた。

読話《どくわ》のことだろう。

笑えない。とても冗談ですませられる話ではないのに、男はすっきりした顔で吹野の手を取った。

防音室は窓もなく、この家でもっとも狭い。

七畳《じょう》ほどの空間には、楽器やオーディオ類の並んだ棚に譜面台、壁際に背もたれのないベンチチェストと、必要最低限のものがあるだけだ。

深夜二時。壁の数字もないシンプルな掛け時計の時刻が、昼日中のように思えてくる。疲れを見せるどころか弾くほどに集中力が増す館原の演奏は、迸《ほとばし》る気迫さえも感じた。

ピンと張り詰めた空気。あるいは強く収縮する鼓動。

音がなくとも感じる。その眼差しに、ネックの指板の上を滑る指に、アップダウンを繰り返す弓の表情に。剝《む》き出しの彼を感じ、まるで心臓の中にでもいるみたいだと思った。部屋全体が彼の放つ音に共鳴している。

圧倒されるままに時間が過ぎる。

三日の間、失われていたのは練習時間だけではないだろう。食事はいらないと言われたけれど、吹野は途中夜食を作りにキッチンに向かった。

冷蔵庫はガランとしているものの、ハムにチーズ、冷凍室には食パンが無造作に買った袋のまま入っていた。野菜は、ひと月近くも前に吹野自身が買ったジャガイモくらいだ。

もしやと思い立ち、バルコニーを覗いてみる。

ウッドデッキに並べたプランターのハーブが枯れることなく育っていた。まだ小さいながらも、夜露《よつゆ》に濡れたように艶《つや》のあるバジルの緑。

自分がいなくなってからも、世話をしてくれていたらしい。

少しだけ収穫して、材料に加えることにした。

時短重視でジャガイモはレンジで蒸して、味付けは主にコンソメ。チーズでコクを出し、フライパンでベーコンポテトのホットサンドにする。専用のホットサンドメーカーがなくとも、食欲をそそるこんがりとした焼き色はつく。

彩《いろどり》にバジルのベビーリーフ。切り口からとろりとチーズの溢れ出るままに、カフェトレーで防音室へ運ぶと、館原もさすがに興味を示した。

「うちにこんな洒落《しゃれ》たサンドイッチのできる材料なかったはずだけど」

「妖精みたい、だろ?」

いつかの言葉をなぞって言った。

一晩で館原が薪割《まきわ》りをすませてくれたときのことだ。

「いいね、響さんもトントゥ仲間になる？　てか……美味《うま》いな、これ。ヤバイ、腹減ってくる」

「食べながら、いう？」

吹野はホッと表情を緩ませた。ベンチチェストに並び座り、貪《むさぼ》るようにホットサンドを頬張り始めた男に安堵する。

「腹も減るはずだよな、こんな時間じゃ……そういや響さん、家は？　大丈夫？　出てきてよかったの？」

吹野は決まり悪く、手を動かし答えた。

女性。親。ストップ。単語の組み合わせで表現する手話に、一瞬の考える間の後、館原は「えっ」となる。

「お母さんに止められたってこと？」

「友だち、のところに行くって、言ったよ。さっき、ラインもおくった。泊まる、って」

「そっか……」

ここに滞在していた頃は、東京にいることさえ家族には黙っていた。泊まるような間柄の友達は今までおらず、知れたら詮索《せんさく》されて面倒だからと。

帰ったらいろいろと訊かれるに違いない。姉も参戦して本当に面倒になるかも。

それでも、やむを得ずとはいえ、伝えたことに後悔はなかった。

——大切なひと。

間違っていない。

「ひょ、今日……」

吹野はぽつりと漏らした。

「ん？」

「いつものお盆、より少し、早く帰ったんだ。もっと思い出せる曲、ないかと思って」

「曲？」

頷く吹野はスマホを手にした。軽井沢に戻ってからもわかるようにと、母に選んでもらったCDやレコードのジャケットは写真を撮っておいた。

「母さんに、教えてもらった。僕が、耳を悪くする前、ひいてた曲」

「弾いて？」

「聴いてた曲」

吹野は、か行が特に苦手だ。喋《しゃべ》るうちにだいぶ勘を取り戻したつもりでも、細かなイントネーションはおかしいに違いない。

けれど、今は筆談に拘《こだわ》らなくてもいい気がした。

自分から見ればすべてを持ち合わせているように見える館原新良にさえ、弱さは潜《ひそ》んでいる。

「しんら、これ……見てくれる？」

吹野は、極自然にスマホを手渡し、館原は画像を一枚ずつスワイプで捲《めく》り始める。

「『タイスの瞑想曲《めいそうきょく》』、『懐かしい土地の思い出』のメロディ、サン＝サーンスの組曲の『白鳥』、フォーレの『ゆりかご』……『亡き王女のためのパヴァーヌ』、『月光』、ピアノも多いな、ショパンのエチュードに、バッハの平均律《へいきんりつ》クラヴィーア曲集も……」

「母さん、ほんとはピアノを、習わせたかったんだって」

「……この曲」

「なにか、あった？」

「いや、今度瑠音《るね》さんと弾くやつだと思って。瑠音さんがごね出して変わったアンコールの曲だよ。前はもっと目が覚めるような派手な曲がいいって言ってたのに」

「地味なの？」

「ふわっとした曲かな。美しいよ。写真の曲も全体的に緩やかなのが中心だね……子守歌代わりだったんだろうな」

画面を見つめる館原はふっと微笑むも、吹野の表情は曇《くも》った。

駐車場での、瑠音と館原の言い争う姿を思い出さずにもいられない。

「ごめん、僕の……せいで」

「なに謝ってんの？」

「彼女、きみが変わった、って。それは僕のせい、だって思ってた」

「べつに悪い変化じゃないだろ。前にも言ったけど、出会えてよかったし、響さんには良い影響受けてるって」

「でも、彼女が曲、変えたいと思うような、変化が？　僕はひ……聞こえても、いないし」

館原は、それ以上否定も肯定もしなかった。

スマホを置いて立ち上がると、代わりにヴァイオリンを構えた。まるで、これが自分の言葉――返事だとでも言うように、すっと弓を弦に触れさせる。

本当に演奏こそが、館原の『声』なのかもしれない。昔読んだ音楽雑誌のインタビューでも、それを思わせる回答をしていた。

――楽器は体の一部だと。

手慣らしのようにするりと入る演奏。まるで初めからそこにあった流れに乗るかのような。技巧的なパッセージは感じられず、穏やかな顔をしている。肩の力の抜けた表情。館原自身も聴き入るように目を閉じ、どこまでも柔らかに映る運指《うんし》に運弓《うんきゅう》。

見ていると不思議と心が安らぐ。

子守歌かと思ったけれど、もっと別の。時の流れ、現実ではないどこかをたゆたっているみたいな旋律《せんりつ》。思索《しさく》ほど明瞭《めいりょう》ではない。そう、ふわっとした、トロイメライにも似た。

「なんだか……夢を見てるみたいな曲だね」

吹野の声に、館原は目蓋《まぶた》を起こした。

「レヴリィ。ドビュッシーの『夢想《むそう》』、『夢』とも訳されてる」

正解というように笑む。

「響さん、なんでわかるの？　いつもだいたい曲想は言い当てるけど……テンポだけじゃないだろ？」

「君の動きかな……あと表情とか、呼吸」

「聴こえても響かない人だっているのに。響さんには見えてる。俺の表現したいものが……曲を理解してくれてる」

「褒《ほ》めすぎ、だよ。でも、そうだといいけど……その曲も、ピアノと一緒に？」

「ああ、元はピアノの独奏曲だからね。瑠音さん、一人で弾いたっていいのに、ヴァイオリンとピアノのデュオ用に編曲されたのをやりたいって。意外だったな」

ヴァイオリンを棚に置き、再び並び座った館原は「ピアノはこんな感じ」と両手で弾き真似をする。

防音室にピアノはなく、エアピアノだ。

腕を取られて驚いた。

あろうことか、引き寄せた吹野の左腕を鍵盤《けんばん》に見立て、館原は演奏を続けた。音はないまま。けれど、本物があったところで聞こえないのならば、リズムがわかるだけでも優秀な『ピアノ』

と言える。

透けるように白い腕の内側、肌の上を軽やかに走る指を、吹野は見つめた。

やがて聴き入るように目を閉じた。

感じる。ピアニッシモ。あるいはピアニシッシモ。指の感触が緩やかに、一層優しくなったからわかる。弱く。できるかぎり弱く。譜面《ふめん》に三つ並んだPの記号が頭に思い浮かんだ。

もう館原の指の腹は、肌に触れるか触れないかのタッチだ。するっと撫でるようなゆったりとした『打鍵《だけん》』に、思わず腕を引っ込めそうになる。

「……く、くすぐったい」

言い訳に、音楽家は厳しい。

「ピアノはじっとして」

叱咤《しった》し、それから微笑んだ。

エアピアニストに変わった男は、のめり込むように曲を奏でる。自身も曲に身を委《ゆだ》ね、笑みを零《こぼ》して。ぼさぼさだった頭がまだ寝癖みたいに後ろ髪が跳ねていようと、お構いなしだ。

今、この瞬間だけはきっと、その理由も忘れられているのだろう。

ただ直向《ひたむ》きに音楽を愛する男の横顔を、吹野は見つめた。

ああ、と思った。

自分は一目惚れだったに違いない。

あの日見た、CDジャケットの少年に。ふらりと立ち寄ってしまったCD店のポスターの大人びた姿にも。目にする度《たび》に惹かれて、うっかり恋をしてしまったのだ。

——そして、今も。

束《つか》の間《ま》の演奏が終わる。曲のラストはさらに緩やかに、儚《はかな》く消え入るように。

まさに夢の終わり。

「聞けたら、いいのに」

吹野は呟くように漏らした。

「……ピアノの音?」

反応に首を振る。

「俺のヴァイオリン?」

「それも聴きたい、けど。僕はきみの……君の声が聞きたい」

手を止めた館原は、意表を突かれたみたいな顔をしている。

こうして口話《こうわ》で喋っていると、はた目には普通に会話をしているように見えるかもしれない。けれど、実際は聞こえないことに変わりはない。

時々考える。その唇の動きを読み取ろうと見つめるほどに、思わずにいられない。彼は一体どんな声をしているのだろうと。

全身で迸《ほとばし》るように奏《かな》でるヴァイオリンの音色以上に、それは想像しづらい。

でもきっと、とてもいい声をしている。

「俺の声か……どんなって、考えたこともなかったな」

「ごめん、ヘンなこと、言った。忘れて」

「いや、嬉しい……って言ったら、やっぱ変だろうけど」

吹野は手を伸ばした。跳ねた男の後ろ髪をそっと撫でつける。

その間も、黒い眸《ひとみ》はすぐ傍で自分を見ていた。言葉を待つその表情に、観念でもしたように想いを声にする。

「ずっと、君が好きだったよ」

「……ずっと?」

『うん』と吹野は頷いた。

はにかみ、笑う。

「前にテレビで俺の演奏見かけたって言ってたけど」

「もっとまえ、だよ」

「もっとって?」

「もっともっと、ずっと前」

「え……そんなに?　前世とか?」

「さかのぼり、すぎ」

冗談でないなら随分《ずいぶん》ロマンティストだ。

音楽家はみんなそんな一面があるのかもしれない。でなきゃきっと、人々を魅了する甘美《かんび》な演奏は生まれない。

真面目な顔で問われる吹野は、これ以上追及されまいと顔を寄せた。

目的地はすぐそこだ。

唇が触れ合う。

そっと啄《ついば》めば、返事もキスで返った。

挨拶《あいさつ》みたいなバードキス。繰り返すうち気づけば目蓋《まぶた》を下ろしていて、うっとりと目を開くとすぐそこに揺れる黒い眸があった。

深い色。熱を感じる。

「やばい、触りたくなった」

「練習、まだ続ける？　もう明日に……」

さすがに身を案じずにもいられない。

なぞったばかりの覚えのある会話に、今度は恥ずかしい勘違いはなしで、冷静に反応したつもりだった。

恋人は笑って、あっさり否定した。

「ヴァイオリンじゃなくて、響さんのことだよ」

練習だろうとそれ以外だろうと、遅い時間であることに違いはない。

けれど、『もう明日に』とは吹野《ふきの》も言わないままだった。

夏の気の早い太陽ですらまだ昇らないのを言い訳に、ベッドで服を脱がせ合った。シャツもボトムも。すべて明かりの届かないところへ放り、床にいくらか落ちたかもしれないけれど、気にかける余裕がなかった。

「……響《ひびき》さん」

間接照明のウォールライトの明かりが、恋人の顔を柔らかに照らす。ベッドの上で向き合って座る吹野は、早くも息が上がったように薄い肩を弾《はず》ませた。

「しんら……あっ」

先走って裸身に手を伸ばしてしまい、自分でもびっくりする。

勢いで触れた中心に、焦《あせ》って手を引こうとすると引き戻された。

「……いいよ、そのまま触って？　してくれるんだろ？」

触れさせられた屹立《きつりつ》は熱い。すでに兆《きざ》していて、もう半分くらい勃《た》っている。

顔が火照《ほて》った。

吹野から積極的になるのは、先に目覚めてこそこそと始めた朝以来だ。パッと手放してしまいそうにおぼつかない右手の動きに、館原《たちはら》は微《かす》かに笑った。

「響さん、おっかなびっくり?」

「き、きもちよく、ない?」

「ん、気持ちいいけど……俺はもっと強めでもいいかな」

「……ぁっ」

上から手を握られただけなのに、思わず声が漏れた。

「ここ、指当たるようにして……うん、裏のとこ気持ちいいから」

ゆっくりと位置を調整され、きゅっと包むよう手を握り込まれると指が震える。余計に熱を感じた。手の中のものが張りを増し、一層《いっそう》硬くなったのがわかる。

吹野はされるがままに、恋人の性器を扱《しご》いた。

先端から根元へ、また先のほうへと。テンポでも教えられるみたいな動き。手ほどきはまるでピアノの演奏を教わったときのようで、既視感と背徳感で頬の紅潮が止まらない。

「……続けて。そう、上手」

たぶんもう耳の先まで赤い。

唇の動きを読むには、館原から目を逸《そ》らすこともできない。

「……気持ちいいな、響さんの指。少し冷たくて、指細くて……触って、括《くび》れのとこも……いつも、俺がしてるみたいに」

記憶をなぞる行為は、与えられた愛撫を覚えている証《あか》しでもある。

指が濡れるのを感じた。滑《ぬめ》る館原のカウパーの感触。拙《つたな》い行為にも感じてくれていると思えば、一緒くたに繋がってでもいるみたいに吹野自身も甘い疼《うず》きを覚える。

淫《みだ》らに性器が潤《うる》むのを感じた。

鈴口《すずぐち》が綻《ほころ》び、ツッと幹《みき》まで伝い落ちる透明な雫《しずく》に声が出る。

「……あっ……しん、ら…っ……」

切ない声音に、館原はキスを寄越《よこ》した。

宥《なだ》めるように頬やこめかみを優しく這う唇。そのまま自身も触れてもらえるのかと思いきや、大きな手は胸元を彷徨《さまよ》い始める。

いつの間にかピンと尖った乳首を、右も左も指の腹でやんわり転がされ、吹野の腰はもじりと浮き上がった。

期待をはぐらかされた性器は、抗議に跳ねて震える。

「……しんっ……ら」

館原が気づかないはずはない。

「ん……ごめんね、一緒にしたら、響さんすぐイッちゃうだろ？　俺のこと、放っちゃいそうだし」

「そん…っ…な、こと……」

ないとも言い切れない。

館原よりずっと快感には弱い。器用なその手で感じるところを弄《いじ》られると、すぐになにもかもわからなくなってしまう。

最初からそうだった。自慰《じい》を目撃されてパニックになったあの日でさえ、与えられた快楽には逆らえず、声を殺すだけで精いっぱいになったくらいだ。

「響さん……」

一定のリズムで手を動かし続けるうち、館原の唇が薄く開いた。

ハアと震えるような唇の動き。

吐息も声も、きっと甘くて艶《なま》めかしい。

蕩《とろ》けそうな眼差しで吹野が口元を見つめると、視線を起こした男はふっと色っぽく笑った。

「俺の声は高くはないかな」

「……こえ?」

「そういえば、ハイバリトンだって言われてたなって、思って」

頭の中の会話を防音室まで巻き戻す。

「ばりとん……オペラの?」

「オペラに限らず、だけどね……声変わりの頃、よく言われた。うちは親がソプラノ歌手だから……分類したがる知人が結構いて。バスほど重低音でもなく、テノールほど高くもないバリトン?」

男性の声としては、理想的な良い声だろう。

「……って単語で説明しても、伝わらないだろうけど」

館原の苦笑に、吹野は緩く首を振った。

高低の基準さえわからないけれど、想像してみる。

優美さと重厚《じゅうこう》さを兼ね備えた木肌。深い飴色《あめいろ》の家具のような艶《つや》を思い描いたのは、館原の黒い双眸《そうぼう》がウォールライトの暖色《だんしょく》の明かりを湛《たた》えているからか。

うっとりと見つめ、確かめるように言葉に変える。

「新良……の声は、バリトン……」

見つめ合う館原は笑んだ。

「うっかり聞こえたりすればいいのに」

耳元へと唇が埋まり、息が掠《かす》める。

「今、なんて?」

「……わかったの?」

「唇、動いたから、なにか言ったとおもって」

「響さん、大好きってね」

いたずらっぽい眸《ひとみ》の輝きに、思わず沈黙した。

「あ、なんで疑わしい目なんだよ」

「君、ときどきからかうし」

「こんなときに、からかったりしない。じゃあ、そうだな……聞こえないなら決めよう」

左耳がまた温かくなった。

耳殻《じかく》の上のほうへとキスをされた。次に小さく薄い耳たぶを唇で食《は》み、館原は優しく吸い上げる。

「……さっきのが『好き』。後のは……『愛してる』」

吹野は、くすぐったさに身を竦《すく》ませた。

「そ……それ、おぼえる必要、ある?」

「便利だって。エッチなことしながら、手話はできないだろ? 顔近すぎても読話《どくわ》できないし」

悪びれも照れもなく言ってのけるところが館原らしい。

急にふわりと体が浮くような感覚。ベッドへ押し倒しながら、また耳元にキスを降らせてくる。ちゅっちゅっと上のほうに、右耳も左耳も交互にキス。

——好き。

それから、また『好き』。

肌で聞き取る言葉に、体が勝手に反応する。

「響さん……今すごい、ピクピクってなったね」

「し…んら、まだ…っ、きみが……」

「お待ちかねの響さんの番だよ」

好き。

耳元に何度でも繰り返される、声なき囁き。

縺《もつ》れ合うように素肌が重なり、全身で擦《こす》り上げる動きまで加えられた吹野は、無意識に「んっ」と鼻にかかった音を漏らした。

顔を背《そむ》けても、どこまでも唇が追いかけてくる。

頬からこめかみ、また耳元へと。本来の役目は一つも果たしていない、正直飾りみたいな感覚器でしかなかった耳への愛撫。

「……ぁ…っ……」

ふるっと胴を中心に震えた。

耳殻《じかく》を隅々までなぞる唇や舌。さらりとした吹野の髪に高い鼻梁《びりょう》を埋め、時折吸いついたりしながら這わせる男は、熱をゆるゆると移すよう肌も摩擦《まさつ》した。

手のひらで胸元の膨《ふく》らんだ粒を。重なり合った腰で育ち始めた中心を。

甘く転がされるみたいな感覚が、体のそこかしこで広がる。

「あ…っ……や……」

セックスはもうだいぶしていない。先月、軽井沢に戻ってからは自慰もずっと。

思い出すのは嫌だった。

その手や唇や——すべてに愛される時間を思い返し、恋しくて堪《たま》らなくなるのは恐ろしいことに思えた。

なにもしなくとも、いつも堪らないのに。

今の自分は、彼のヴァイオリンや彼自身に夢中になって、恋をしてしまった女の子たちと同じ。虚勢で涼しい顔をして見せているだけで、中身は一つも変わらない。

今はその涼しい顔さえ、薄皮一枚被《かぶ》ることもできず——

「しんら…ぁっ……」

聞こえないのに、甘えたねだり声を出したのがわかった。

館原の表情もそれを肯定する。

「……感じる？　俺に触られるの、好き？」

覗き込む顔は、鼻先がぶつかり合うほど近づく。頬から唇へと続く淡いキス。痕跡を残すこともなく風のように掠める唇を追いかけ、吹野は顎《あご》を起こした。

もっと確かな口づけが欲しい。

「……んらっ、もう……」

舌を覗かせてみても満たされず、全身の力ばかりがくたくたに抜け落ちる。

「ん……もう、なに？」

抱いた頭に唇を埋めながら、また中心を擦り合わされた。ゆったりと弓元から弓先までアップダウンを繰り返すボウイングのように、張り詰めたものを刺激され、ヒクヒクと腰が跳ね上がる。

吹野は上下にも揺らめかせた。

「……ぁっ、ふ…ぁ……」

完全に上を向くほど勃起した性器を、自ら館原に擦りつけるよう動かす。濡れそぼった先端を、男の引き締まった腹へも宛《あて》がい、小さくしゃくり上げるような声を零《こぼ》し始めた。

信じられない。こんなはしたないことを自分がするなんて。

「響さん、エッチだな……我慢できない？　俺の腹でイッちゃう？」

「さわ…っ……て……」

「触ってるだろ？　ほら、俺にずっと当たってる」

「もっと、ちゃ…っ……ちゃんと、さわ…っ…て……ぁっ、んん……」

「……いつもみたいに？」

「んっ……うん………」

涙まで滲《にじ》ませながら、吹野はコクコクと頷いた。

自分のほうがいくらか年上なのも、ベッドの上では忘れてしまう。手慣れた男のセックスに翻弄《ほんろう》されてなすがまま。手のひらの上で転がされているみたいだ。

「じゃあ……もっとよく見せて？　俺にしてほしいところ……ちゃんとおねだりしてくれたら、触ってあげる」

「なに、ばか、言っ……」

「バカじゃない。もっと、俺に甘えて見せて？　俺が必要だって……俺が欲しいって、言ってよ」

言葉は手管《てくだ》の一つなのか、本気なのか。

真っすぐな眼差しで、その唇で言葉を紡《つむ》がれれば、逆らうべくもない。

「あ……んっ、ぁ……」

隅々まで性感を高められた体は、もうじっとしていても小さな火花のような快楽がそこかしこで散っていた。

素直になるまで、スイーツのカラメルでも炙《あぶ》られるみたいなこの時間は続く——なんて、考えただけで切なさに身が捩《よじ》れる。

「……んら……」

吹野は羞恥《しゅうち》に声を震わせながらも、膝を起こして恋人の愛撫を求めた。

足りないと言いたげな眼差しに両足を浮かせ、膝まで胸のほうへ引き寄せると、痛々しいほどに張り詰めた性器は泣きじゃくり始める。

とろとろと透明な先走りが溢れる。

「あ……もっ、はや、く……」

「すごい、カッコ……やらしいな、響さん」

「して……っ……くれ、る…っ、て……しん、ら…っ……」

吹野の淡い色の髪をくしゃりと撫でつつ、館原は笑んだ。

「するよ？　ここも、それから……こっちも」

「……ぁっ、あ…ぁっ……」

右手が待ち侘《わ》びた部分から狭間《はざま》のほうまで伸びる。

本気を出されたら一溜《ひとた》まりもない。蕩《とろ》けた性器に施《ほどこ》される愛撫は、チカチカとした光さえ目蓋の裏に感じるほどの快感だった。

散々焦《じ》らされてぐずぐずに濡れそぼった昂《たか》ぶりを扱いてもらい、「あっ、あっ」と止めどない声を振り撒《ま》く。

治まるどころか、溢れる一方の体液は指にすくわれ、後ろへも運ばれた。幾度も行き交って狭間を潤《うるお》されるのは、こんなにも濡らしていると教えられているようで、恥ずかしくて堪らない。

もう火を噴きそうに頬が熱い。

「ひ…ぁ……」

つぷりと沈んだ長い指に、声まで押し出される。

「……響さん、もう中するよ？」

クチュッと卑猥《ひわい》な音が弾けた気がした。聞こえない分、想像ばかりがいつも膨らむ。

強く目を閉じようとすると、館原からは『開けて』の合図。目蓋に唇が触れ、阻止《そし》される。

「響さん、少し緩めて」

「やっ……」

「や、じゃない……俺の指、食い締めたって入れるし、ほら……」

「あっ、あ……なか、や…っ……もうっ、ま、え……せ、て…っ……もっ」

「……ダメ。今日は俺、あんまり持ちそうにないから……イクのは一緒に、ね？」

「そん、な…っ……むり……」

「一緒は嫌なわけ？」

「……い…や、じゃない……けど…っ、もっ……ま、え……」

「そんなに扱いてほしいの？　さっきの、気持ちよかった？」

揶揄《やゆ》るような問いかけに、反論するどころか啜《すす》り泣く声が零れる。

「ちょっとだけ我慢……響さんは、もうこっちでも気持ちよくなれるだろ？　慣らさないと
……ほら、久しぶりだから狭くなってる」

「や、しん、ら…っ……あぁ…んっ……」

嘘だと思った。

そんなはずはない。ひと月ぶりくらいとはいえ、もっと離れ離れの時期もたくさんあった。

——仕返しなのかもしれない。

引き留めるのも聞かずに、軽井沢《かるいざわ》に帰ってしまったひねくれ者への報復。そう思ったら、余計にぐずぐずになる。

感じやすいところを、いっぱい嬲《なぶ》って焦らされて、泣かされるのだと想像したら。

「……ぁっ、あっ……しっ……んら、ぁっ……」

ゆるゆるとした抽挿《ちゅうそう》。二本に増えた長い指は、想像を肯定するように、吹野の弱いところにばかり留まり刺激した。我慢できずに身を突っ張らせて達しようとする度《たび》、はぐらかされる。するっと逃げるくせに、すぐにまた『そこ』へと戻ってくる。

「……ぁっ、あっ、も……して……ひみのっ、君の…っ、で……お、願い…っ、しんっ…ら……」

「……はは、誘うの上手」

濡れた眦《まなじり》にちゅっと一度キスをしてから、館原は指を抜いた。

じっとできずに揺れてしまう吹野の腰を高く掲《かか》げ、綻《ほころ》んだ窄《すぼ》まりに昂ぶりを宛がう。ガチガチとわかるほどの熱い猛《たけ》りに、『今日は持ちそうにない』と言ったのは本当なのだと思った。

持たないのは、自分も同じ。

——ではなかった。

「あ……や、ふ…ぁっ……ぁっ……」

入口を焦がれた男の形に開かれた瞬間、吹野は腹を濡らした。

ぴゅっと呆気《あっけ》なく散らした白濁《はくだく》。

「え……今ので？」

「だから…っ……むりって、言っ……た、のに……」

「響さん、感じやすいもんな。俺に合わせせんの、無理か……けど、早漏《そうろう》の響さんも可愛いよ」

「そ……ろっ……」

「可愛い。俺とのセックス、好きになってくれて嬉しい」

「……せっ……くす、だけじゃない」

尻すぼみの弱弱しい声になったのが自分でもわかった。視線を泳がせつつ告げると、見てもいないのにパアッと眸を輝かせる男の反応を感じた。

「いいの？　そんなこと今言ったら、抜かずのなんとかに……」

吹野は、館原の首筋に手を回す。

——なんでもいい。

なんて気持ちは、言葉の代わりにぎゅっと取り縋《すが》る行動で示した。

「……響さん、最高」

預けられた重みを感じる。

同時にズッと身の奥深くへと沈む大きなものを受け止めた。無意識にずり上がろうとする腰は、ぐっと摑んで引き戻される。

唇が重なる。厚めの舌も押し入ってくる。負けじと口腔《こうこう》で吹野が押し返したのは最初だけで、すぐに求め合って擦りつける動きへと変わった。

「……ん……んっ、ぁ……」

感じるところをなぞられ、吐息が零れる。

互いの熱を交換し合うみたいな口づけに、繋がれた腰も振り子の共振《きょうしん》のように、次第に大きく揺れ始める。

抜き出された昂ぶりは何度も戻ってきた。じゅっと音を立てて深く穿《うが》たれる度、吹野は甘く鼻を鳴らす。

「んっ、ん…っ……ぁっ……しっ……んら……」

ほどけた唇に目を開けると、頭上で見つめる男と目が合った。

「しんら……」

「響さん、キスしながら奥するの好きだね」

「あ……あっ……ん、そこ……」

「ん、行き止まりのとこ……チュッチュッてしてくる。ほら……」

「や……ぁ……」

「わかる？　俺の先っぽ、締めつけてる……奥がきゅんきゅんするほど感じるんだ？」

「だって……きみ、が……っ……ぁっ……」

館原は欲望のままに打ちつけているのとは違う。腰を入れる度、あの部分を押し上げたり、捏《こ》ねるように揺すったり。施される深い愛撫。

自身の快楽を優先された吹野が、メチャクチャに感じないはずがなかった。

「あっ……あっ、また……もっ、ぁ……もう、いっ……」

「……もうイクの？　二度目なのに？」

「んっ、ん…っ……いく、しん…っ…ら……もう……いっ、ちゃう、から…っ……きみ、もっ……君の、すきに…っ……」

吹野が素直に応《こた》えてせがむと、館原は驚くほど幸せそうに笑んだ。

「してるよ？　さっきからずっと、俺の好きにしてる。響さんがいっぱい気持ちよくなって……俺が欲しいって、好きって言ってくれんのが俺の悦《よろこ》び」

「……ほし…っ……す、き」

ストレートに求めるくせに、言われた男は照れくさげにはにかむ。

「なるべくエッチに言って？」

「ばか……」

いつもの調子にも、嬉しげに笑う。ぐっと腰を入れられ、吹野は高い声を上げ、ガクガクと

揺さぶり返した。

セックスはどこかアンサンブルにも似ている。なんて、共同作業なのだから当たり前かもしれない。互いの呼吸を感じながら合わせるリズム。終結へとエネルギーを解放するように駆け上がる鼓動。

導いてくれるのが館原のほうなのも、どこか似ていて。

「あ……あっ、あぁ…っ……」

奥のほうをノックでもするみたいに突かれると、無我夢中の声が零れる。また止まらなくなった先走りがとろとろに溢れているのも、男の唇が耳に触れたのも、吹野はもう気づいていなかった。

目を閉じて、大きな波に身を委《ゆだ》ね切り——

「しんらっ、新良……好き…っ……」

迸るように告げると同時に、左の耳たぶを優しく吸い上げられた。

——愛してる。

読み取った合図に、切なく身が震える。

聞こえずとも、受け止めた愛の囁き。招き入れた館原をきゅうっと締めつけ、さらなる深みへと飲み込もうと、吹野の中は欲望のままにうねった。

「しんら、もっ……あぁ……んっ……」

体が浮き上がる。悶《もだ》える身に打ちつけられた答えに、甘く尾を引くような泣き声を上げる。

「響さん…っ……響さっ……好きだよ、愛してる……」

しなやかに張った屹立で、入口から最奥《さいおう》まで激しく擦られ、快感は脳裏を白く染めるほど弾けた。

達したのは同時だった。僅《わず》かなズレもないように感じられた。

「……ぁっ、は…っ」

荒い息遣いにも音は聞こえない。

静寂。けれど、燃え尽きるほどの抱擁《ほうよう》の後には、それはとても自然なことに思えた。

吹野は、変わらずオレンジ色の明かりに包まれた空《くう》を仰ぐ。ベッドへ身を沈ませ、預けられた体の重みを愛《いと》おしく抱き留めた。

恋人の汗ばんだ背にしっかりと手を回した。

「……しんら?」

顔が見たくて、呼びかけた。

反応のなさに少し驚く。ずるずると這い出すように、重たい男の身を傍《かたわ》らに横たえると、一切の力を解いてしまった恋人はあろうことかもう寝息を立てていた。

吹野は目を瞬《しばた》かせ、それから笑った。

ハンサムな男の黒髪を撫でる。

頬に唇を落として言った。

「おやすみ、新良」

――良い夢を。

隣にある大きな手を探る。ピクニックシートの上で寝そべったときのように指を絡《から》ませ、手を繋いだ。

目を閉じても、もうどこへも漂い出すことはない。

そう思えた。


街中でさえ深呼吸したくなるような青。

六本の綿糸《めんし》の撚《よ》り合わさったポピュラーな二十五番刺繍糸《ししゅういと》の鮮《あざ》やかなブルーカラーが、頭のパレットに並ぶ。

季節がら心配だった台風も進路を変え、雲さえ遠慮して端へ姿を寄せたかのような好天の日曜日。館原《たちはら》は波木瑠音《なみきるね》とのデュオコンサートを迎えた。

世間は盆休みから続く長期休暇の最終日だ。

東京に留《とど》まっていた吹野《ふきの》は、グレージュ色のサマージャケットにホワイトパンツの、まだ暑い季節にしては綺麗めの服でホールに向かった。

都内でも数少ない、クラシック専用の美しいコンサートホール。楽屋に案内してくれた館原が西上《にしがみ》に呼ばれてどこかへ行ってしまい、一人籠《こも》るのも落ち着かず部屋を出たところ、通路で瑠音と鉢合《はちあ》わせた。

「あら」と彼女は真っ赤な唇を動かし、会釈《えしゃく》で応《こた》える吹野は端へと避ける。

「やだ、そんなに逃げなくても」

逃げたのではない。まもなく本番を迎える彼女は真っ赤なオフショルダーのドレス姿で、けして狭くはない通路も占《し》めるほどのボリュームに圧倒されたのだ。

ラフレシア・アルノルディイ。裾《すそ》のスパンコールが水玉模様にも見えて、失礼ながら森の巨大花を思い起こしてしまった。食虫植物でもある世界最大のあの花だ。もちろん口が裂けても言えない。

「館原くんのところへ？」

吹野はスマートフォンを取り出した。

『はい。でも彼はマネージャーさんに呼ばれてどこかへ』

急いで入力した画面を見せ、『今日のコンサートは』と続けようとしたところ、美辞麗句はいらないとばかりに入力途中の手に触れられた。

「ちょうどよかった、ラウンジに行こうと思ってたの。吹野さん、付き合ってくれない？」

反応も待たずに歩き出すラフレシアの後を追う。

楽屋エリアのアーティストラウンジは、ちょっとしたカフェテリアの広さだった。テーブルと椅子が無数に並んでおり、オーケストラなど大人数のコンサートでは賑《にぎ》わうのだろう。

今は端に二組いるだけだ。

飲み物はセルフのカップ式自販機で、有無《うむ》を言わさず彼女がごちそうしてくれた。

『ありがとうございます。いただきます』

「私が誘ったんだもの。楽屋にお茶とコーヒーしかなかったから。本番前は少し糖分入れたくなるの。緊張を緩和《かんわ》してくれるのかも」

テーブルで向かい合った彼女は、満足そうにココアラテを飲んだ。水分の取り過ぎを気にしてか、何口か飲んだだけでテーブルに置く。

「こないだは、ごめんなさいね」

唐突に切り出され、吹野は戸惑った。

先月の駐車場での館原との会話について言っているのはすぐにわかった。

勝手に盗み聞きをしたのは自分だ。彼女が存在に気づきながら話を続けていたとしても、謝る必要はない。

吹野は首を振る。コーヒーのカップを置き、スマホに返事を入力しようとするも、せっかちな瑠音は続けた。

「嫌な女だって思ったでしょ？　でも、あれは本心だから、不快にさせたなら謝るけど否定はできない。私はただ、今持てる私の音楽を最高の形でお客に届けたいだけ。館原くんとやるのも、もちろんそう。そのために準備もしてたし、選曲だって納得してるつもりだった……なのに、久しぶりに会ったら音が全然変わっちゃってるじゃない」

迷いのない言葉。断言する彼女の中には、館原のヴァイオリンの確固たるイメージがあったのだろう。

おそらく健聴者《けんちょうしゃ》でも、普通の人には理解できない研《と》ぎ澄まされた音の世界。

吹野はただ息を飲み、瑠音は赤い口元を苦笑に歪《ゆが》ませた。

「彼とは最高のバトルで観客を沸かせるはずだったのに」

——バトル。

そんな音楽用語があっただろうかと思わず頭を巡らせる。

「館原くんとのデュオはね、ウィズじゃなくてバーサスだと思ってたってこと。ピアノとヴァイオリンで血湧き肉躍《おど》るバトルよ、ワクワクしない？　クラシックはお上品に思われがちだけど、お客は日常にない刺激を求めて足を運んでるんだから」

軽井沢《かるいざわ》の森が季節によって表情を一変させるように、瑠音の一言で荘厳《そうごん》華麗なクラシックホールもコロッセオ。真紅のドレスは森のラフレシアから闘牛の赤い布、ムレータへと装《よそお》いを変える。

「彼なら相手に不足はないわ。勝つか負けるか、こっちは身を切るバトルの予感に身震いしてたってのに……のっけから『さぁどうぞ』って手を差し出された気分だった。信じられる？　当然のように合わせてくるの。目立ちたいならリフトしてあげるってばかりに！　なんなの、ダンスのペアじゃないんだから！」

頷こうにも、異論しかない。

闘牛よりは、ダンスのほうがずっとクラシック音楽に関係性も深い。肩透かしを食らったらしい瑠音の恨《うら》み節《ぶし》に、吹野は呆然となる。

「予想外の包容力を見せつけられて、こっちは本番前にノックダウン。おかげでアンコールも『剣《つるぎ》の舞』は弾きたくなくなっちゃった。さようならハチャトゥリアンよ」

比喩《ひゆ》に留まらず、本当に戦うつもりだったらしい。

「悔しいけど、戦意喪失《そうしつ》したのよね。気持ちよかったの、今の彼のヴァイオリン……彼は変わったわ。そして進化と取るか、退化と捉《とら》えるかを決めるのは私じゃない」

戦う気持ちを失くしたとの言葉どおり、ふっと微笑んだ瑠音の視線は宙を指した。

楽屋エリアは地下にあり、上はステージだ。

「私の話はこれで終わり」

彼女は一息つき、吹野を見た。

『さあ、どうぞ』とでもいうような眼差し。強い目力の眸《ひとみ》で促《うなが》され、一方的に話をしたいわけではないのだと知る。

吹野の中で、すでに思いの多くは昇華されていた。

ただ一つだけ、ひょいとドアノブに引っかけたように残された忘れ物があるとするなら。

『彼はあのとき、あなたになんと？』

吹野は真顔でスマホを見せた。

瑠音の口元は読めても、道路側へ背を向けた館原の言葉はわからないままだった。

「館原くんの返事？」

『僕も、あなたの言うことが間違っていたとは思いません。音のわからない僕には、彼の努力のすべてを知ることはできませんから』

瑠音は吹野の顔も、スマホに綴《つづ》った文字も瞬《まばた》きの少ない目で見る。

「そうね、なんでも答えるつもりだったし、お喋《しゃべ》りを続けたいんだけど……残念、タイムアップみたい」

急に立ち上がる瑠音に驚いた。

逃げるなんて彼女らしくない。目線を追いかけ、振り返った吹野は息を飲んだ。

すぐ後ろに、タキシード姿の館原が立っていた。

「なにを二人でこそこそと……」

憮然とした表情だ。

まるで気づいていなかった。

「続きは彼に訊いて。私は支度があるから、女はやることが多くて大変なの」

これ以上どこに時間をかけるというのか。ドレスの裾を煩《わずら》わしげに揺らしながら、彼女は去っていく。

後には、飲みかけで放置されたドリンクのカップと、やや気まずい男が二人。

『いつから?』と、吹野は慌てて手話で問う。

「今来たところだよ。瑠音さんはちょっと前から気づいてたけど。あー……今の、返事ってこないだの?」

『べつにこたえなくても』

スマホに入力を始める間にも館原は椅子を引き、隣に座ってテーブルを指先でトンと叩いた。

「お互いさまだってね。こないだも響《ひびき》さんにそんなこと言ったけど……俺だって、響さんの努力を全部知るのは不可能だからさ」

正装の館原は直視しづらい。

瑠音のドレスのようなボリュームもスパンコールもないのに眩《まぶ》しく、吹野が胸ポケットの辺りに視線を落とすと、そこに収まったチーフを男はすっと抜き取った。

ホワイトチーフとばかり思っていたものは、楽器を拭《ふ》くクロスだ。

端に白い四葉のクローバー。

自分の刺した刺繍《ししゅう》がある。

『それ、クリスマスのときの』

「うん、この刺繍一つとってもそうだろ？　響さんがどうやって上手くなったかも、一目一目刺してる間になにがあったかも、仕上がったものを見たって俺にはわからない」

『だから同じだと？』

「わかるかどうかよりさ、知りたいって思うことのほうが重要なんじゃないかな。響さんがわからないのを気にするのは、俺と理解し合いたいって望んでるからだろ？　どうでもいい相手ならそうはならない。動機のほうが、よっぽど大事だと思うね」

自信に満ちた姿で堂々と言われると、説得力も増す。

「少なくとも、俺は。響さんはどう？」

不敵《ふてき》な笑みまで浮かべる男に、思わず魅入《みい》った。

敵《かな》わない。

『僕はもっと君を知りたい。知れないのはもどかしい。その気持ちは、これからもずっと変わらないと思う』

それでいいと言うのか。

それ以上どこへも進めなくとも、ただ前を向いて変わらずにいるだけで、この思いは間違いではないと。

館原はニッと口元を綻《ほころ》ばせ、手を伸ばした。吹野の白い手に触れかけ、ここではまずいと思ったのか、スマホの端を突く。

「そういえばさ、筆談に戻ったの？」

『こないだは特別。ていうか、また練習してから』

「練習？」

『発話《はつわ》。自信持てるようにね。これでも昔はもっと綺麗に喋れた』

言い切るほどの確証はなく、『たぶん』と文末につけ加えると館原はくすりと笑んだ。

「そりゃできるでしょ、俺の響さんだもん。けど、今の喋りでもいいと思うけどねぇ」

『ダメだ。話もしないとならないし』

「誰と？」

『連絡したら、とりあえず詳しい話をしたいって、出版社の人が』

それだけで意味が伝わったようだ。

「そっか」と応える館原は、あまり驚いた様子もない。それも『俺の響さん』だからだというなら買いかぶり過ぎだ。

「響さん、諦めないでいてくれたんだ」

『どうだろう。電話は無理だから、メールで耳のことは話しておいたけど……もし本でも触れるって言われたら渋るだろうしね』

連絡したのは、つい数日前だ。ふっと霧でも晴れたように、アクションを起こすことへの躊躇《ためら》いが消えていた。

霧が晴れたのではなく、夕立がぴたりと止《や》んだのかもしれない。雨さえ止めば、雨宿りの窮屈な軒先《のきさき》などすぐにも出たくなる。

潔《いさぎよ》く変われたわけじゃない。少しでも健聴者に近づきたいと、発話もまた学びなおそうとしている。自分はいつまで経っても、体裁《ていさい》への拘《こだわ》りは捨てきれそうになく、コンプレックスはもはや自分を構成する建材の一部のようだ。

ならば、努力をするしかないと思った。

もう一度。彼の傍《そば》に堂々と立っていられるためにも。

吹野は指差した。館原が胸元に戻そうとしているものに目を留め、左の手のひらを右手で拭《ぬぐ》う手話で問う。楽器のクロスではないかと。

「いいだろ、ゲン担《かつ》ぎだよ。クリスマスもこれで成功したんだ。なんか緊張してきたな、響さんの前で演奏するの」

『もっとたくさんのすごい人たちの前で演奏してるだろ』

「緊急事態になったら、ステージから手話でSOSするよ。ほら、『いざというとき』に役立つって言ってたやつ、どうやるんだっけ?」

『そんなこと言ってるうちは平気。ていうか、心配はしてない。君なら大丈夫だよ』

吹野は手話を教える代わりに、入力したスマホの画面を笑って見せた。

てっきり笑い返すとばかり思った男の表情が変わる。ふっと感情が入れ替わったかのように画面を真顔で見つめた館原に、吹野は訝《いぶか》り首を傾《かし》げた。

目が合う。

「いや、昔先生も言ってくれたと思って。『君なら大丈夫、使命があるから』って」

『使命？』

菅井《すがい》とのやりとりを思い出したらしい。

館原は、どこか遠い目で答えた。

「うん、先生はよく、ヴァイオリンの上手な人はたくさんいるって言ってた。上手くなるのは大変な楽器だけど、努力を続けて上達できる人はけして少なくはない。豊かな才能から、ヴァイオリニストになれる人もいる。世界を見ればそれこそ星の数……ただ、その中で観客に夢を見させられる人はそう多くはない。君の音楽には夢がある。お客さんを、連れ出すのが君の使命だって」

いい話にもかかわらず、館原は最後は苦笑した。

「家出したときにね、言ってくれたんだ」

吹野は目を瞠《みは》る。

「小学生のときだからね。そりゃ、練習が嫌になって飛び出すこともあるよ。あのときはなんだったかな、やっぱサッカー選手になりたいとかだったかも」

『ヴァイオリニストを選んで正解だよ』

「先生もそう思ってくれてるといいけど」

『思ってるよ、必ず』

——どこにいようとも。

館原も誰よりもそれを知っているはずだ。

気づけばもうラウンジは二人だけで、時間が本当に迫《せま》っていた。

スマートフォンをテーブルに置いた吹野は、ホワイトチーフに変わったクロスを手に取る。

館原の胸ポケットに入れながら言った。

「幸運を」


ホールへ戻ると、待ち合わせや歓談で賑わっていたホワイエから人の姿は減っていた。

まるで航海の迫った船にでも乗り込むように、足早に過ぎる人々。真っ白な大理石のヨーロピアン調の広間は、シャンデリアの華やぎも加わり、昔映画で観た豪華な客船を思わせる。

旅の前は誰しもそわそわするものだ。

開かれた扉の真鍮《しんちゅう》のドアハンドルに軽く手をかけながら、吹野も吸い込まれる足取りで一階の客席へと入った。

クラシックの本場、ヨーロッパの伝統を感じさせるシューボックス形式のホールだ。広いステージの三方を客席が囲む。内装はマホガニーもしくはサペリ。ふんだんに使われた木々の温《ぬく》もりに、軽井沢の森に舞い戻ったように呼吸が深くなる。

実際、何度か深呼吸した。

館原の用意してくれた席は、五列目のやや左寄り。観るのに最適な席に収まり、ほかの観客たちと同じく、プログラムノートを開いて開演のときを待つ。手はページを捲《めく》るも、目は上滑りした。

想像以上にドキドキしている。

館原のヴァイオリンを生で聴くのは、ただ一度、ソロのコンサートに訪れたとき以来だ。あの日は、他愛《たわい》もない客とのやり取りから猜疑心《さいぎしん》でいっぱいになり、まともに聴くどころではなかった。正直、早く帰りたかった。

今は素直にワクワクしている。

光を注ぐ雪の結晶のような豪奢《ごうしゃ》なシャンデリアを仰《あお》ごうとしたそのとき、ふっと明かりが落ち、観客の拍手と共に瑠音が舞台袖から現れた。

ラフレシア・アルノルディイ——ではなかった。

中央の黒い艶《つや》やかなグランドピアノに向かう彼女のドレスは、ステージの広さと照明の魔力にかかれば、大輪の赤い薔薇《ばら》。裾のスパンコールは瑞々《みずみず》しい朝露のごとくだ。

続いて館原が現れた。

『緊張』なんて言葉はやはり戯《たわむ》れだったに過ぎないと感じるほどに、悠然とした歩み。まだ二十代後半に入ったばかりにもかかわらず、威風堂々《いふうどうどう》とした佇《たたず》まい。

二人は揃って客席へ向け一礼する。

ゆったりと巡らせた視線を、館原は最後に五列目へ向けた。ヴァイオリニストの正面に位置する席で、眼差しを受け止めた吹野は、極自然に手を動かしていた。

いざというときの手話。

ヘタクソなピアノでアンサンブルを楽しんだあのとき、館原がくれた言葉だ。吹野が照れ隠しに思わず返した遭難信号のサインではなく。

——永遠に、愛してる。

なにかに憑《つ》かれでもしたように、胸元でそう両手をひらめかせていた。

声なき声。

示した手話をステージの館原は見逃さず、意味が伝わったのを感じた。

見つめ合う男は一瞬動きを止めた。

それから、左手でネックを握っていたヴァイオリンをいつものように構え、ふっと力を抜くように微笑んだ。

瑠音のほうを軽く振り返る。

ツアーの初日。ここから始まる。東京公演の曲目は演奏動画はもちろん、楽譜から解説まで、吹野は目で浚《さら》いつくしてきた。

一曲目は、ベートーヴェンのピアノとヴァイオリンのためのソナタ、第九番イ長調『クロイツェル』。

おそらく誰もが、この二人のコンサートの初日を飾るに相応《ふさわ》しい曲だと思ったはずだ。

ヴァイオリンソナタの名曲は数あれど、ピアノがヴァイオリンの助奏《じょそう》に回ることなく、またその逆に主奏《しゅそう》にも収まらず、真っ向から対等な関係を築《きず》く曲は多くはない。

その先駆けで、王者とも讃《たた》えられる『クロイツェル』は、さながらオーケストラとの協奏曲。雄渾《ゆうこん》なまでのスケールで、ヴァイオリンとピアノが華麗に競《きそ》い合い、熱く火花を散らす大曲だ。

すっと館原が呼吸した。

弓位置が予想より少し高い。

第一楽章、序奏部《じょそうぶ》。ヴァイオリンの独奏から入る。

アダージョ、緩《ゆる》やかにという楽譜の指示からは想像できないほど、毅然《きぜん》と歌い上げる重音の高らかな弾き出し。

ああ、これは彼からの挨拶《あいさつ》なのだと思った。

船出の汽笛《きてき》。自然と応《こた》えるように観客はみな軽く居住まいを正し、これから始まる旅の予感に身震いする。

早くも心が震えている。

ピアノが序奏を柔らかに引き継ぎ、またヴァイオリンがそれに応える。掛け合いはやがて勢いを増し、アダージョからプレストの切れよくリズミカルな第一主題の提示部へ。

わずか十八小節、ステージの輝きが増しているのを感じた。照明の人工的明かりでも、瑠音のドレスのスパンコールの反射でもなく、二人の放つ音色《ねいろ》の息を飲むような煌《きら》めき。呼吸も忘れた観客の目の輝き。

複数の楽章からなるソナタは、物語と捉えれば楽しみも増えると本に書かれていた。特に第一楽章はソナタ形式が多く、提示部、展開部、再現部、終結部《コーダ》と部分分けがなされ、いわば起承転結がある。

このコンサートに向け、吹野はヴァイオリン曲を学んでわかったことがある。

これまで、館原が自分の前で演奏してきた曲は、視覚効果を意識した技巧的な曲が多かった。彼は、最初から音を目で見るしかない自分の気持ちに寄り添い、弾いてくれていたのだ。

その館原の張り詰めた表情。激しいまでの身の動き。どれほどの技巧的な曲も飄々《ひょうひょう》と奏《かな》で見せた男が、緊迫感を漲《みなぎ》らせている。

ベートーヴェンはピアニストであり、ヴァイオリニストの作品のような超絶技巧を駆使《くし》した曲を書いてはいない。それでも『クロイツェル』は華々しくも熱い、テクニカルな難曲には違いない。

ピアノの短いカデンツァ、ゆったりとした第二主題から、再びリズミカルな第三主題へ。そして訪れる激情の展開部。

鋭く、勇ましささえ感じるほどに切り込んでくる瑠音の指使い。躍動感。揺れる長い黒髪から も、エネルギッシュな彼女の力が迸《ほとばし》っているようにさえ感じる。

強い生命の輝き。

館原は劣《おと》らぬ光で応えねばならない。

テクニック以上に、精神的な緊張感を強《し》いられる。瞬《まばた》きの間も気の抜けないせめぎ合い。互いに弾き負けることがあってはならない。それでいて、激しいばかりのヒステリックな演奏に陥《おちい》ってもいけない。

真に楽想を理解し、それを表現できるものだけが辿り着ける境地。

瑠音が、デュオの相手に館原を選んだ理由がわかった気がした。

ともすれば小さくまとまりがちな二重奏。包容力を身につけたという館原は、持ち前の我《が》の強さで個性を引っ込めることなく、繊細《せんさい》に相手の呼吸を感じ取り、音に映し込んでは切り返す。

小ぢんまりと収まるどころか、二人の個性の放つ輝きは増幅しステージいっぱいに広がっていでもいるようだ。

観客はただ聴いているのでも、饗宴《きょうえん》に酔いしれているのでもない。取り込まれ、飲み込まれる。吹野は耳で聴いてはいないからこそ、それをビリビリと肌で振動するように感じた。

本来、人はどこへも行けない。コンサートホールで神妙な顔をして音楽を楽しむときでさえ、意識は身の内に収まったまま。ときには明日の仕事や、私事の心配事の一つも過《よ》ぎるものながら、二人の演奏の前にはそのゆとりが与えられる隙がなかった。

誰も彼も、旋律を受け止めるだけで精いっぱいだ。

——連れて行かれる。

館原は瑠音の期待に、いや作曲者であるベートーヴェンの精神世界に応えようとしている。

ルートヴィヒ・ヴァン・ベートーヴェン。言わずと知れた大音楽家であり、難聴《なんちょう》であったことも含めて有名だ。

吹野は曲を理解しようと背景に触れ、当初は偉大な楽聖《がくせい》に共感よりもむしろ反感のようなものを覚えた。

現在のみならず、当時も大音楽家として揺るぎなき地位を築き、貴族すらも道を開けるほどの巨匠でさえ、障害による劣等感や猜疑心《さいぎしん》からは逃れきれずにいたからだ。

同族嫌悪、失望。いずれか両方か。

有り余る才能と栄誉をもってしても、払拭《ふっしょく》できない暗がりだというのか。

しかし、平らにすることの適《かな》わない心の歪《ゆが》みさえも試練とし、さらなる精神哲学を譜面《ふめん》に映すことで、ベートーヴェンは数々の傑作《けっさく》を生みだした。

『クロイツェル』は、ハイリゲンシュタットで遺書を書き殴るほどの絶望の淵《ふち》から甦《よみがえ》り、転機を迎えた時期に書き上げられた作品だ。

難聴が周囲に知れたことにより、自死さえも覚悟した音楽家は、絶望を撥《は》ね退《の》けて新たな生への道を歩み出した。

吹野はステージの館原に、決然としたその思いを見た気がした。

絶え間なく燃焼し、発光し続けるエネルギー。二人の漲るオーラに観客の心は残さず攫《さら》われ、足元も体もまるで形を失くし、ふわっと解き放たれたかのようだ。

いや、それよりもっと強い。突き上げられるような、砲身《ほうしん》に詰め込まれて発射されたような感覚。気づけばもう地上ではなく、雲の上でも、空でさえもなく、真空の宇宙にいる。

星々の輝きを見ている。

ステージを見つめる吹野は、納得するように『そうだ』と思った。

あれは、リゲルだ。

オリオン座の青き恒星《こうせい》、全天で二十一個しかない一等星。

館原だけではない、波木瑠音も。今、まさに二人で一つの巨星の輝きを放っている。

あまり知られていないけれど、リゲルには伴星《ばんせい》がいる。地球からは目視《もくし》では一つに見えるリゲルは、複数の恒星からなる多重連星《たじゅうれんせい》だ。

——なんて眩《まばゆ》い。

畏怖《いふ》と陶酔《とうすい》。二人の放つ目も眩《くら》むほど美しく気高《けだか》い清冽《せいれつ》な音色に揉《も》まれ、恍惚《こうこつ》とした思いに

駆られる人々と鼓動を一つにし、吹野は『そこ』へと誘われる。

懐かしい。

この感覚を知っていた。

入り込むはずのない日常が、ふっと脳裏《のうり》を過ぎった。クラシックホールの椅子の座り心地でも、明日の心配でもない。

長い間、思い返すこともなかった記憶。

忘れもののようにそれを感じた瞬間、吹野は、真空の宇宙で眺める溶解炉《ようかいろ》のように光を滾《たぎ》らせた星ではなく、夜露《よつゆ》に濡れた芝生の上に寝ころび、安らぎと共に仰いだ星々を見ていた。

子供の頃から光るものに惹《ひ》かれた。

耳の聞こえない吹野が最初に焦《こ》がれた光は、夜空で瞬く小さな星だった。

祖父の建てた軽井沢の別荘に行くのは、なによりの夏の楽しみだった。春も秋も行きたかった。冬には、痛いほどに澄んだ山の空気を肺いっぱいに吸い込みたがった。

だから東京を離れたいと望んだとき、一番に思い浮かんだのはあの別荘だった。夏の夜空を思った。高校で天文部に入ったのも、部活に力を入れている学校だったからだけでなく、素直に興味があったからだ。

キャンプで土手の芝生に部員たちと並んで寝そべり、眺めた星空を覚えている。都会では目にできないほどの星々は、うっすらと天の川も視認できるほどだった。

星は等しく輝いていた。

ちっぽけな人間など、みな区別されることなく星空の元では同じ。

冬の星座、オリオンの三つ星は真の横並びではないかもしれないけれど、そのとき確かに吹野の目にも、ほかの部員たちの目にも、夜空の煌《きら》めきは等しく映っていた。

星が一筋流れた。

天の川を過ぎる流れ星。

夏の夜の贈りもののような一瞬の出来事に胸躍らせつつも、吹野は声にはできず、ほかの部員たちの様子も耳ではわからず。ただ興奮のままに隣を見ると、寝そべる部員と目が合った。

彼はにっこりと笑い、吹野も笑い返して同じ思いなのだと通じ合えた。

言葉は一つもなくとも。

——思い出した。

嘘みたいだ。

忘れていたのも、思い出したのも。

館原と瑠音、彼らの放つ光が思い起こさせ、蘇《よみがえ》らせてくれた心象風景。同じ色ではない。引き出した過去は、しまうときには星屑《ほしくず》を刷毛《はけ》で刷いたように輝きを帯び、以前のそれとは違っていた。

どんな日々にも小さな輝きはある。

吹野は大切に胸に戻した。

音楽とは再現する行為なのかもしれない。

自然であったり、心の在《あ》りようであったり。そして館原は、譜面に描かれたその風景を音に変え、聴衆《ちょうしゅう》をそれぞれのその場所へと連れ出せる。

夢があると、彼の先生がいつか告げたそのままに。

ヴァイオリンの長い長い変ロ音の音色が、旅の終わりを告げる。

終結部《コーダ》。柔らかなアダージョから一転、夜空に咲き誇る花火のような煌めきを残し、人々は地上へと下ろされる。

誰一人として身じろぎもしない。

まだ第一楽章が終わったばかりだ。

信じられない。あまりに濃密な時間。

そう感じているのは自分だけではないと、吹野は確信した。旅先で受け取った土産物、誰もが膨らみ切ったはち切れんばかりの胸の高鳴りをどうしていいかわからずにいる。

楽章の合間に拍手はしないとわかっているからこそやり場に困ったようにそわつき、ふと吹野は気配を感じた。

隣を見ると、少女と目が合った。

右隣に母子連れの小学校高学年くらいの少女がいるのは、座ったときから気がついていた。

なんとなくピアノを習っている子なのかなと思った。ピアノは習い事としてポピュラーだ。吹野とうっかり目を合わせてしまった少女は、気恥ずかし気《げ》に、けれど同意を求めるように笑んだ。

吹野も、思わずにこっと微笑み返した。

あの夏の流れ星を目にした夜のように。

さぁ、第二楽章が始まる。

来るときはブルーカラーの二十五番刺繍糸だった空色は、帰りはクリームから橙《だいだい》へと色を変える最中だった。使い慣れたメーカーの糸なら七百番台辺りか。

七百四十五、七百四十四、七百四十三、七百四十二——吹野は歌うような調子で色番号を思い、空の色を追った。

歩道に車止めの石柱《せきちゅう》を見かけると、腰をかけて空を仰ぐ。

音もなく雲が流れる。

ゆったりと、日の色を映しながら。

傍《かたわ》らの車道をビュンビュンと走る車の音も、通行人のざわめきも感じることなく、ただその美しさを浴びるように目を細める。

頭の中にはずっと、音楽が鳴っているような感覚があった。車を停めたホール近くの駐車場まで来たけれど、このまま帰ってしまうのは惜しい気がして足を止めた。

もっと『音』を感じていたかった。

光や風。狭苦しい駐車場の車の中よりも、コンサートを振り返るには相応しい。

ベートーヴェンのヴァイオリンソナタ第九番『クロイツェル』、瑠音のピアノソロでフォーレの夜想曲《やそうきょく》第六番、館原はイザイの無伴奏《むばんそう》ヴァイオリンソナタ第三番。そして、ブラームスのヴァイオリンソナタ第一番『雨の歌』。

アンコール曲に至るまで、どれもが素晴らしく感動的だった。

吹野はハッと目を見開かせると、この胸の膨らみが萎《しぼ》まぬうちに伝えなければと、レザーのショルダーバッグからスマホを取り出す。

操作する間に、館原のほうから連絡がきた。

『響さん、今どこ？　まさか帰ったの？』

やや焦《あせ》り気味のラインだ。

パッと返信した。

『終わったからね』

『すごく良いコンサートだった』

『感動したよ』

次々と早いパッセージのように送った短文メッセージは、吹野にしては興奮を表せているはずだったけれど、肩透かしの反応がくる。

『それより今どこ？　聞いてなかったけど、軽井沢にはいつ帰るの？』

コンサートの感想よりも、居所のほうが重要らしい。

『今日だよ』

吹野は返した。

一日だけ館原の部屋に泊まった後は、実家に戻ってお盆を過ごした。

正直大変だった。翌日の夕方になって戻った吹野は、当然の流れで家族の質問攻めに遭《あ》った。残っていた姉まで加わり、揃って相手は女性に違いないと思い込んでいた。

どうにか女性ではないと納得はしてもらったものの、同性の友人だろうと『館原新良《しんら》』と知れたら、またややこしいことになるに決まっている。

今は短い安息期間といったところか。

今日は軽井沢へ帰る予定の日で、荷物もスーツケースにまとめて車に積んでいた。

『!?』

館原からのラインの返信は、記号に続いて嘆《なげ》きのスタンプ。ゆるキャラの号泣《ごうきゅう》の涙が水溜まりを作る。

『今日って、マジで今日なわけ？』

拍手喝采《かっさい》の鳴りやまないコンサートが終了したのは、ほんの二十分ほど前だ。吹野も隣席の名も知らない少女とその母親も、反対側の客も、前列も後列もみんな揃って立ち上がり拍手をしていた。

スタンディングオベーションに迎えられた男とは思えない反応に、思わず気が抜ける。

館原こそ今どこにいるのか。まさか、タキシード姿のまま楽屋でこれを入力しているのか。

スマホを見つめ、吹野は笑った。

画面に指を滑らせる。

『うん、今日帰ったことになってる。家族にはね。バジルの様子も気になるから、君の家に寄らせてもらおうと思ってるんだけど』

ベランダのバジルに理由づけして惚《とぼ》けて返せば、含みを持たせた返事が来た。

『バジルより気になるもの、あるだろ?』

『なんのことかな?』

『ごまかしても無駄だって。あんな手話、開演時に送ったくせして。ドキドキしてミスるかと思った』

——永遠に、愛してる。

今思うと、周りにわからないのをいいことに、随分と大胆な手話を送ってしまった。

一瞬で顔が熱くなる。

この場に館原がいなくてよかった。

『あれは、いざというときの手話だから』

『じゃあ、ただのおまじない？』

吹野は少し考え、答えた。

『君だけのね』

たった五文字を送るのに、一呼吸必要だった。館原からは、すぐに照れもなさそうな返信がくる。

『じゃあ、次の公演も頼むよ。仙台公演、すぐだから』

『僕は行けないよ？』

『前借りで』

『おまじないの前借りってなに』

零《こぼ》れた笑いに息が乱れる。周りに聞こえたかもしれない。

『新良、もう帰れる？』

『瑠音さんと反省会やってからね。時間はかからないよ』

そりゃあそうだろう。反省なんて必要のない完璧な演奏を二人がやってのけたのは、なにより受け取る客たちが示していた。

館原の変化が、紛《まぎ》れもない進化であったことも。

吹野は、ふっと顔を起こした。

目の前を人が行き交う。

ここは広くもない空の下。街中の歩道だ。揉《も》まれるようにホールを出て散り散りに去っていったあの観客たちも、それぞれの帰路《きろ》についていることだろう。

日常へと、みな帰っていく。

まだ半分くらいは夢の中。

館原や瑠音のくれたひとときの夢の時間を、歩道や電車の車窓やカフェのテーブルに広げるように思い返し、畳《たた》んでそっと心のどこかへしまいなおす。自分だけの知る場所へ。

吹野は文字を綴《つづ》った。

いつもの景色へ戻る前に。

『家で待ってる。夕飯は君の好きなメニューにするよ』

送信すると、迷わず立ち上がり再び歩き始めた。

シリウスは愛を奏でる

SIRIUSWA
AIWO
KANADERU

「やっぱり好きだな、君の『エストレリータ』」

館原《たちはら》はその声に、美しい旋律でも耳にしたかのようにハッとなった。

下ろしかけたヴァイオリンも弓もそのままに、そちらを見ようとして思い止《とど》まる。

旋律《メロディ》というより鳥のさえずりか。少しでも長く聞いていたければ、目を合わせないに限る。傾聴《けいちょう》が知れようものなら、警戒心の強い小鳥がパッと飛び立つように、恋人は口を噤《つぐ》んでしまいかねない。

意識していない素振《そぶ》りで、『声』に耳を澄ませる。

季節はもう秋だ。九月中旬、波木瑠音《なみきるね》とのデュオコンサートを大盛況《だいせいきょう》で終え、館原は吹野《ふきの》の家を訪ねた。まだ日中は暑い日も続く東京と違い、軽井沢《かるいざわ》は一足先に秋が深まっていた。

通り沿いの樹々は紅葉に色づき、股《また》に乗っかった常緑《じょうりょく》のヤドリギばかりが浮いて目立つ。早ければ来月にも浅間山《あさまやま》は初冠雪《かんせつ》で、舞台袖《そで》まで冬の到来だ。

足回りの弱い愛車で来るのは、もう最後かもしれないな——などと頭を巡らせつつ館原はハンドルを握った。最近はスポーツカーのエンジン音への拘《こだわ》りを捨て、SUVへ乗り換えるのもいいなとまで思い始めている。

人は変われば変わるものだ。

「バルコニーでギター一本で奏《かな》でるのもよさそうな曲だね。まだ更《ふ》けきらない時刻に歌い上げてる感じ?」

リビングのソファで、L字のコーナーを挟んで並んだ吹野は、刺繍《ししゅう》の作業を再開しながら言った。動きのわかりやすい技巧的な演奏でなければ退屈かと最初の頃は思っていたけれど、吹野はゆったりとした曲も好きだ。

『エストレリータ』は、元はメキシコ人の作曲家マヌエル・ポンセによる歌曲だ。クラシックでは夜想曲《やそうきょく》集などにもしばしば収録され、アンコール向きの小品《しょうひん》としても親しまれている。

曲は吹野の希望だった。

リクエストも『声』にしての感想も珍しい。

吹野も変わろうとしている。

唇の動きを読み取る読話《どくわ》だけでなく、発話《はつわ》も日常的に加わった。いつの間にか二人の間では筆談より増え、オンラインの学習コミュニティに参加して学び直しも始めたのだとか。

やるからには何事も丁寧に取り組む吹野らしい。話す度《たび》に発音も滑《なめ》らかになり、変わりないことといえば注目しすぎるとパッとやめてしまうところくらいだ。

——嬉しいんだからしょうがないだろ。

内心開き直ってみる。

「響《ひびき》さん、そういえばどうしてこの曲？」

吹野は小首を傾《かし》げた。

「だってメロディの美しさなら、有名曲がほかにもたくさんあるよ。夜想曲ならドビュッシーの『美しい夕暮れ』もヴァイオリン編曲がポピュラーだし、『亡き王女のためのパヴァーヌ』や『トロイメライ』なんかも……」

いくら曲想がわかるといっても、目で聴く吹野にとって大きな違いはないはずだ。

「『エストレリータ』は君が特に好きな曲だからかな」

確信した口ぶりに驚いた。館原は目を瞠《みは》らせ、ふっと吹野の淡く色づいた唇が綻《ほころ》ぶ。

「勘がいいな、響さん」

「まぁね。君はパンは最近、白パンのサンドイッチを気に入ってるけど、普段はモチモチよりサクサク派でバゲット好きだし、ハーブはバジルが好きで、ルッコラはちょっと苦手。ドレッシングは……どちらかといえばイタリアン派かな」

言葉にしながらも刺繍枠《わく》にピンと張った布に針を刺し、ふんわりと糸を引いて柔らかなチェーンステッチを作った。小さな緑の葉のようだ。一目一目、丁寧に。糸で布に草花を芽吹《めぶ》かせる吹野は、恋人に関しても一つ一つ実によく観察してくれている。

「だからね、曲もわかる。きみがすきなの」

照れくささからか、手元に視線を落としたままだった。館原は薄い肩にそっと触れ、軽く気を引いてから、ゆっくりと唇を動かした。

「今、少し発音がよれた」

「どこ？」

「最後のほう」

「きみが好きなの」

「もう一度言って」

「君が……」

言いかけてから手を止め、吹野はソファの座面に置きっ放しだったスマホを手に取った。

ぐいっと顔面に突き出し、入力した文字を見せつけられた。危うく文脈を誘導されるところだったと言わんばかりの反応だ。

『君が好きな曲もわかる』

「嘘じゃないって、本当にちょっとよれたんだよ。響さん、か行が苦手だろ?」

館原は苦笑しつつも、『まぁ、いっか』と気を取り直す。

実際、あわよくばの思いも無きにしも非《あら》ず。

「じゃあ、次は俺の練習も見てくれる?」

「新しいきょく?」

「んー、目新しいわけじゃないけど、来年発売のCDに入れる曲でね」

『見て』と言ったのは吹野だからではない。

聴かせるだけでなく、見せる予定の曲でもある。

「発売したらPRかねて動画を上げようって西上《にしがみ》さんが。これはただの試し撮りだけど」

テレビを使わせてほしいと告げて立ち上がり、スマホを操作した。普段、音楽以外に関心が薄く、SNSも放置しがちな館原だ。映像は編集もなにもしておらず、接続していきなり映ったのは自身のアップだった。

「わ、やば……」

「演奏動画？」

「そう、『弾いてみた』。半分だけどね」

「はんぶん……？」

カメラ目線の自分の一瞬のアイコンタクトを合図にして、館原はヴァイオリンを手にした。

壁のテレビは広いリビングにも負けないサイズで、ほぼ等身大で映し出された自分と並べば、まるで分身でも登場したかのようだ。

「ドッペルコンツェルト。ヴァイオリン、ヴィオラ、通奏低音《コンティヌオ》の合奏で、メインのヴァイオリンは二人ね」

「二人？」

「バッハの『二つのヴァイオリンのための協奏曲』」

二人の館原はまったくの同時だった。

息を飲んだのも、構えも。ぴったりと呼吸を揃えながらも、画面の第二ヴァイオリンの自分だけが軽く小走りで駆けだすように独奏《どくそう》で弾き始める。

リビングの館原は遅れて入った。

瞬《またた》く間の転調に合わせ、滑らかに、軽やかに、まるで初めからそこにいたかのように音の波に加わりながらも、どの音色にも染まらないきらめきを放つ。

調和と独自性。

この作品の最大の特徴かもしれない。独奏以外のすべての曲に通じるテーマながら、この協奏曲においては芸術的なまでに顕著《けんちょ》だ。

三楽章から成る曲は、演奏時間は十五分ほどと長くはない。第一楽章は僅《わず》か三分あまり。けれど、その短い時間の中に濃縮された音の美は圧倒的だ。音のアラベスクとも言える厳格さと華やぎ。あたかも文様を描き上げるかのように脳に広がる、至高のポリフォニー。主旋律《しゅせんりつ》という主役の存在する現代的なホモフォニーと違い、複数の旋律がそれぞれに対等に絡み合うポリフォニーは、過去のものどころかいっそ鮮烈ですらある。

二つのヴァイオリンは対等だ。完全という言葉が相応《ふさわ》しい。瑠音と共演したベートーベンのクロイツェルのように、ピアノとヴァイオリンでスリリングな掛け合いを繰り広げ、観客を魅了するのとはまた違う高まりがある。

二つのヴァイオリンは表となり裏となり、主旋律にも伴奏《ばんそう》にも自在に変化する。

ぶつかり合うのでも、引っ張り合うのでもなく、互いに影響し合いながらもそれぞれが独立した輝きを放つ。

まるで一つの美しい織物を、二人で編み上げていくように。

「……ドッペルコンツェルト」

思わず漏らした溜め息のように、吹野の唇が動いた。

密度の高いセッションを自分と終えた館原は、地上に着地する思いで弓を下ろしながら言う。

「そう、双子みたいだろ？　これが案外大変でね」

「たいへん？」

「なかなか良い双子にならない。ヴァイオリニストは、みんなそれぞれ癖があるからね」

二挺《ちょう》のバランスが完壁に調和してこその名曲だ。引っ張り合いでどちらかに傾いてしまっては台無しになりかねず、かといって各々《おのおの》の個性が失われてはつまらない。

「兄弟や親子で演奏する人もいるけど、そんな都合よく家族がヴァイオリニストとは限らないし、究極の解決方法が一人で弾いてしまうっていうね」

「あ……それで重ね録りを？」

「ハイフェッツが最初にやったらしいよ。今は多重録音《オーバーダビング》も目新しくないけど」

「いいね、君を二倍楽しめるし、きっとファンも喜ぶ」

「ファンか……響さんは？　響さんは嬉しくは……」

尋ねたつもりが、肝心《かんじん》の吹野がこっちを見ていない。目線はいつの間にかスマホに奪われており、『ながらスマホ』に肩透かしを食らいつつ、館原は隣にぴったりと座ると身を揺すった。

至近距離で絡んだ視線にドキリとなる。目元でさらりと前髪が揺れ、自分をふっと取り込むように映した淡い色をした眸《ひとみ》。

「しんら?」

「あ……いやさ、響さんはどっちの俺が良かった?」

転がり出た言葉は、軽い冗談のつもりが真剣さが滲む。

吹野は微笑《ほほえ》んだかと思うと、画面に並んだ文字を見せた。

『言うと思った』

「え……ちょっと、なんで先に入力してんだよ」

『言うと思った』

もう一度画面を突き出し、吹野は「から」と声にして添える。悪戯《いたずら》に成功した子供のような、ふふっと零《こぼ》れる笑いも。

「言うと思ったからって……で、本当のところどっち?」

「どちらも君、だろう?」

「あれは先週の俺で、ここにいるのは今の俺」

「ちがうの?」

「退化してないならね。意地悪はナシでどっち? こっちの俺も明日には帰るんですけど」

ついには情に訴える。タイムリミットまで盾にして、なりふり構わずだ。

館原は両手の五本の指先をそっと向かい合せた。空《くう》でも揉《も》むように長い指を動かしながら、左右に広げていく。ついで、片手で拝《おが》むような仕草を添えた。

――優しくして、お願い。

二人の間では手話《しゅわ》も言語の一つだ。手話にスマホの文字に発話に、意思さえ通じればなんでもありで――

吹野は身を伸び上がらせた。

抗議の手話でも返してくるのかと思いきや、パッと火花でも散るような短いキスが唇を襲い、館原は目を瞬《しばた》かせる。

「えっと……どういう意味？　やっぱり俺を選ぶってこと？」

新たな『言語』を生んだ吹野は、「どうかな」と動かした唇をもう一度寄せてきた。今度はふんわりと重なる感触。唇をやんわり潰された館原は、理解に努《つと》めるべく目を閉じ感触を追う。

視覚も聴覚も不要の言葉に今はシフトすることにした。

子供の頃、吹野は夏の間だけイルカと仲良くなった。

生きたイルカではなく、水色のイルカの形をしたフロートだ。小学生の高学年までカナヅチだった吹野は、パンパンに膨《ふく》らませたビニールの浮き具をプールでも海でもしっかりと抱いていた。

喋《しゃべ》らないイルカ。その頃にはもう魚はパクパクと口を動かしても鳴かないとわかっていたけれど、哺乳類《ほにゅうるい》のイルカは声も上げると知り、どんな音だろうと思った。

抱いたイルカは鳴かない。最初から鳴かないイルカの声は、聞き逃しているわけではない。

親に連れられて行く夏の海は、国内も海外も大差がなかった。

ビーチの賑《にぎ》わいは吹野には届かない。浮いてしまえばどこも同じ。肌で感じるのは温《ぬる》い海水の揺らぎのみで、目を閉じれば眩《まばゆ》い日差しまでもが目蓋《まぶた》越しにゆらゆら躍《おど》った。

このままどこまでもクラゲのように波間をたゆたって行けそうだと、ぷかぷかと沖へ出る自分を夢見た。

そのくせ、ぎゅっと体には力が籠った。

命綱の鳴かないイルカを強く抱いた。中学入学前に父親が通わせたスイミングスクールのおかげで泳ぎを覚えてからも、夏の海を思い起こせば習い性でぎゅっとなった。

自由への憧《あこが》れと恐怖。

今も自分の籠めた力に驚き、ビクリとなる。

吹野はパッと潔《いさぎよ》く目を覚ました。

目蓋の向こうに日の光はない。記憶の夏はどこにもなく、夜の暗がりに見慣れた部屋のものの輪郭《りんかく》がぼんやりと浮かんだ。

無機物だけでなく、隣で眠る恋人の顔も。繋いだ手を強く握ったことに気がつき力を緩《ゆる》めるも、起こしてはいないようだ。そっと反対側の手を布団から出してかざすと、温かな寝息が規則正しく小指を掠《かす》めた。

——よかった。

ぐっすりと眠っている。

疲れているのかもしれない。夜は抱き合った後、二人でシャワーを浴びた。いつもは風呂上がりもなにかとちょっかいを出してくる男が、今夜は随分と大人しかった。

かといって、素《そ》っ気《け》ないわけでもなく——

吹野は、二人の顔の間にある手を見つめる。セックスの後に絡ませて眠るのは、いつの間にか決まりごとのようになっているけれど、最近の館原はなにもしなくともそうする。

話した覚えはない。暗闇で目を閉じるとあやふやになること。空間を判断する音の情報が欠けるせいで、ぽっかりとどこだかわからない場所に漂い出してしまいそうになるあの感覚。

窓は厚いカーテンで閉ざさず、薄いボイルカーテンのみで眠る癖がついたのもそのせいだ。

星明かりを頼りに、絡ませ合った指を見る。人差し指と人差し指。中指と中指。薬指と——

男らしい館原の指のほうが太く長くしっかりとしているけれど、交互に重なり対等だ。

まるで織物でも紡《つむ》ぐように。

昼間の協奏曲を思い出した。

バッハの『二つのヴァイオリンのための協奏曲』。館原が帰ったら早速譜面《ふめん》を購入し、CDの発売に備えて予習しておこう。

——楽しみが増えた。

自分の考えにワクワクして目が冴えてくる。館原といると、一人でいるときの何倍も心が動く。ぼんやり漂っている暇はない。

頭をもたげてナイトテーブルの時計を見ると、もう四時を回っていた。夜とも朝ともつかない時刻。すっかり目の覚めた吹野はじわりと指を解《ほど》き、ベッドからゆっくり起き上がった。

館原が寒くないよう布団を整え、パジャマに厚手のカーディガンを羽織《はお》る。歩み寄った格子《こうし》窓から表を覗くと、予想どおりの星が出ていた。

今日は秋晴れの予報だ。天体観測にも適している。

起き抜けの身に寒気を覚えつつも、格子から解放された空がどうしても見たくて窓を開けた。

夜空はクリアなだけでなく、空気も澄んでいた。窓辺に腰を掛け、息を吸う。深く吸い込み、細く吐く、長く。幾度《いくど》か繰り返し、その間も星々の光は黒い森の影の上でじっとしていた。

背後の空気だけが揺らいだ。

肩に触れられ、「あっ」となる。

「しんら……ごめん、起こした。寒かった？」

「寒くはないけど……いや、寒いな」

揃いの開襟《かいきん》シャツのパジャマの肩を竦《すく》ませた男は、慌てたように上着を取りに行き、スウェットのパーカーを羽織って戻ってくる。

「いいの、起きて？　君、朝出発が早いし、まだ寝てたいんじゃないの？」

「帰るまで、このまま起きてたっていいよ。名残惜《なごりお》しいし」

「……次は来月かな」

「そうだね」

十月には、館原が菅井《すがい》を招くはずだったシベリウスの協奏曲のコンサートが東京である。吹野も聞きに行く予定だ。

「で、なにやってたの？　こんな時間に」

温《ぬく》もりが足りないとばかりに、背後からばっと抱き寄せられ、にわかな寒がりに笑った。肩に乗せられた顎《あご》もくすぐったい。

前に回された手が、空でひらひらと動く。

館原は手話で『時間』を示した。

「なにしてたか……って？　星を見てた。もう出てる頃だなと思って」

指で示した南東の空には、全天《ぜんてん》でもっとも見つけやすい星座が出ている。

腕の中でもぞついた吹野は身を反転させて、言葉を読もうと館原のほうを向いた。

窓枠に座ったまま、高い位置にある端整な顔を仰《あお》ぐ。

『おりおん』と男の唇は動いた。

きっと疑問符もついている。『?』は見えない。読話の多くは脳内での補完が主だ。

「そう、オリオンは冬の星座だけど、この時間ならもう上ってるんだよ。これから冬にかけて、昇るのはどんどん早くなっていく」

「へぇ……知らなかった」

鈍《にぶ》い反応だ。もしかすると冬の星座であることも知らないのかもしれない。

「新良《しんら》、右下に青いのが見えるだろう? それがリゲル。覚えてる? 僕が、『君みたいだ』って言ったの」

「太陽の何倍も大きくて明るいんだっけ?」

「明るさは二十万倍だけど、大きさはたしか五十倍くらい」

「それって太陽の位置にあったら、地球がジュッてなるくらい?」

表現にクスリとなった。

「じゅってなるね」

地球上に暮らすものは皆ただではすまない。けれど、不思議と怖くはなかった。想像が追いつかないというよりも、のまれるなら本望と諦めがつくほどに圧倒的な熱量と輝きであるからだ。

「でも、見えたよ。ステージにも」

「ステージ？」

「ん、君と波木さんのコンサートで……二人ともすごくて、眩《まばゆ》くて、揃ってリゲルに見えた」

「え、瑠音さんと同じ星？　それはちょっと……んー、だいぶ嫌かも」

館原はあからさまに眉を顰《ひそ》めた。星明かりに陰影も深まる眉間《みけん》の皺《しわ》に、吹野は笑って答える。

「リゲルは一つじゃないよ。連星《れんせい》なんだ。肉眼では一つに見えるけど、複数の恒星《こうせい》が共通の重心《じゅうしん》を回り合ってる」

「そんなことあるの？」

「単独の恒星のほうが実は少ないんじゃないかって言われてるくらいだよ。みんな伴星《ばんせい》がいる。リゲルは三つだったかな」

「へぇ、さすが元天文部。けど、その伴星とかいう夫婦か相棒みたいな存在なら、ますます瑠音さんは嫌だな……俺は、響さんがいい」

館原の言葉を、吹野はたぶん最初から予想していた。つい苦笑いが零れる。

「僕は一等星じゃない。しいていえば、下のほうに三つ並んでる星のどれかだよ」

「オリオンのベルトだっけ」

コクリと頷く。

横並びのようでいてそうではない三つ星。澄まし顔で聴者の群れに紛《まぎ》れようとする自分みたいだと、学校では思っていた。

今はもうやめた。そんな風に自分を卑下《ひげ》したところで、なにも変わりはしない。そもそも、星はどこにも列など成してはおらず、地球から見れば、偶然の奇跡で夜空に肩でも並べているように映るというだけだ。

それぞれが光っている。

ただ、誰のためにでもなく。

「響さん、前もそれ言ってたね。でも一等星じゃないなんて、そんなの誰が決めたんだよ」

館原はむすりと言った。強い眼差しで前を見据えたかと思うと、吹野の向こうになにかを見つけて「あっ」となる。

「新良？」

「俺から見れば、響さんも輝いてるよ。あの星くらいね……ほら、あのオリオンの下のところでメッチャ光ってるやつ」

首を捻《ひね》りかけ、吹野はやめた。

南東の空。オリオンに連れられるようにして昇る一際明るい星。

見なくともわかる。

「それはシリウスだよ」

全天に二十一個だけ存在する一等星の中で、もっとも明るい星だ。太陽を除けば、地球上から見える恒星の中でどの星よりも明るい。

よりにもよってという感じだ。

「ふうん、あれがそうなんだ……じゃあ、響さんはシリウスね。あの星を響さんにあげる」

吹野は目を瞬かせた。

呆気《あっけ》に取られすぎて声にもならない。自分だって館原を星にたとえはしたものの、逆の立場になってみれば困惑しかなかった。

しかも、ただ結びつけるのではなく——

館原は夜空を掬《すく》うように片手を掲《かか》げ、位置を探って上下させた。

「ここ、この辺がいいな。響さんも、手を出して」

やや強引に吹野の身を反転させたかと思うと、再び空を仰がせる。唇の動きが読めなくなろうと、なにがしたいのかわかってしまった。

手を伸ばすよう促《うなが》される。

遠い星へ。

どんなに大きく眩くとも彼方《かなた》からは小さく映る光は、冷たい夜気の中に差し出した吹野の手にふっと宿るように降りた。

「……ほら、こうすればさ、宝石でも受け取ったみたいじゃない？」

手のひらに乗せた光。熱も重さもないのに、そこにある。

館原は隣に並び、そっと手を裏返した。

「見て。こうしたらさ、指に嵌《は》めることだってできる」

言われるままに指の位置を調整してから、吹野は『あ』と気がつく。

左手だ。

「ね、エンゲージリング」

また顔を見ずとも言葉がわかってしまった。

沈黙すれば、左脇を小突かれる。

「響さん、なんか言ってよ。恥ずかしいだろ」

吹野は手話で応《こた》えた。夜空に文字を描くように手をひらつかせる。

「なに？　君は？　いつも……いつもそんなことをしてるのかって？」

音のない吹野の言葉に、館原は不服そうな反応だ。

「こんなの、ほかの誰にするんだよ。心外だな、俺は真面目だったとは言わないけど、そこまでチャラくもないよ。嘘は言わないから。つまりさ、これも俺の本気ってことで……って、響さんこっち見てないし」

途中から思わず顔を背《そむ》けた。吹野は、ぐいっと体を揺らされる。

「ちょっと、俺の話ちゃんと聞いてよ。こっち見て……」

見損《みそこ》ねたのではない。俯《うつむ》く吹野には、目を背けずにはいられない理由があった。指に嵌めたはずのシリウスもとっくにズレ、自由を得て夜空へと帰ってしまっている。

「響さん？」

身を乗り出した男は、回り込むように顔を覗き込んできた。

「響さんってば、ねぇ、もしかして照れてる？」

「れれてない」

「照れてるよ」

「てれれない」

「ははっ、よれよれ……」

吹野は脇腹を肘《ひじ》で強く突いた。痛いはずの男は、どこまでも嬉しげに笑っている。

「照れる響さんも可愛いな、好き……ちゃんと、いっぱいたくさん、俺は本気で好きだよ」

臆面《おくめん》もなく言ってのける男を前に、吹野はもう否定できなかった。

「響さん、エンゲージにしようよ。俺と結婚してほしい」

「いいよ」

「え……えっ、本当に？」

「そのうちね」

「そのうちっていつ？」

「リゲルの対角に赤い星が見えるだろう？　あれがベテルギウス」

「いや、星の説明は今いいから……」

「ベテルギウスは『そのうち』爆発してなくなるって言われてる。十万年後くらいだったかな」

戸惑いから合点《がてん》へ。すぐに変わった館原の表情は、今度は失望へと変わる。

「せめて生きてるうちにしてくれない？」

吹野はくすぐったさに、笑ってしまっていた。


「なぁに、気持ちが悪いわ」

鼻白《はなじろ》んだ女の声に、館原《たちはら》は緩《ゆる》みきった表情でスマートフォンを見つめる自分に気づいた。

打ち合わせに寄った事務所だ。ミーティングルームで顔を合わせた西上《にしがみ》に電話が入り、終わるのを待つ間、館原はラインの返事をしていた。

束《つか》の間の軽井沢《かるいざわ》の休日から一週間。東京へ戻った館原も相変わらずながら、母親ほど年の離れたマネージャーもまた忙殺《ぼうさつ》されている。元々、クラシック界はポップスほど役割分担されておらず、音楽プロモーターがマネジメントからイベントの企画立案《りつあん》、実施まで一手に引き受けている業界事情もある。

西上の忙しさは、人任せにできない性分ゆえだろうけれど。

「デートの約束でも決まった？　ほどほどにしてよね」

人の恋路《こいじ》にまで首を突っ込む気か。

——アイドルじゃないっての。

館原はテーブルのスマホをすすっと引っ込めつつも、つい応《こた》える。

「その逆、断られたばかりだよ」

ラインは吹野《ふきの》からだ。デート代わりでもあるビデオ通話を、昨夜《ゆうべ》ドタキャンした詫《わ》びだった。出版社との打ち合わせまでに、図案にしておきたい刺繍《ししゅう》のアイデアが浮かんだのだとか。

「やだ、断られてその顔？」

西上は、気持ち悪いを通り越して怖いと言いたげだ。

フラれてニヤついていれば当然か。

実際、嬉しいのだ。白紙になりかけた吹野の刺繍の本の話が進んでいるのはもちろん、吹野自身が仕事と認めて向き合っていることが嬉しい。

べつにプロでなくとも、吹野の才能が褪《あ》せるわけではない。けれど、『ただの趣味』と言い張る吹野からはいつもどこか諦《あきら》めが滲《にじ》んでいて、もどかしく感じてもいた。

表情が緩むほど、テーブル越しのマネージャーは顔を硬化させる。

「あなた、近頃ヘンよ」

「変ってどこが？」

「浮《う》ついてるかと思えば、むしろ逆っていうか……ちゃんとし過ぎてる」

仕事以外の時間を言っているのだろう。

ヴァイオリンに関しては、昔から手を抜いた覚えはない。気の緩みや怠《なま》けはすぐに音に表れる楽器だ。その分、傲慢《ごうまん》になっても許されるとばかりに音楽以外は自由奔放、羽を伸ばしすぎていた面はあった。

「真面目は歓迎だろ？　俺も自覚が芽生《めば》えたんだよ」

「それならいいんだけど……そういえば、こないだの話、返事はした？」

「ああ……いや、まだ」

「だから私から連絡しましょうかって言ったのに。返事は早いほうがいいわ。気を持たせたって仕方がな……」

西上は言葉に詰まった。嫌な予感でもしたのか、みるみるうちに表情が険《けわ》しくなる。

「まさか、あなた迷ってるの⁉」

「そうだねぇ、純粋にやりたいかやりたくないかで言えば、興味がある」

言い終える前から、西上のパンツスーツの腰は浮いていた。ライムグリーンのオフィスチェアを跳ね飛ばす勢いだ。

「ダメダメダメ、なに言ってるのよ、純粋に考えないで！」

西上らしい反応とはいえ、さすがに引く。

音楽とは本来、純粋《ピュア》なものだろう。そうではないのを重々知っているけれど、理想は燦然《さんぜん》と輝く太陽のように変わらない。

弾《ひ》き振《ぶ》りの話だ。

来年、協奏曲で指揮もやってみないかと話をもらった。独奏者として演奏する一方、指揮者としてもオーケストラに指示を出し、曲を纏《まと》め上げる。クラシック全盛の時代には珍しくなかった弾き振りが、最近また注目されている。

オーケストラと言っても、既存のプロオケではない。室内楽で組むこともある若手が中心となって結成したミニオーケストラだ。以前から館原も誘われていたが、まさか弾き振りにまで話が発展するとはだ。

興味はある。ソリストと言えど、客演では好き勝手に弾いているわけではない。オーケストラは指揮者のものだ。いざ音合わせに入ってみれば、自分の演奏プランと違っていて、擦《す》り合わせが必要になるなんてこともしばしば。

それが、思いどおりに鳴らせるとしたら。

——自分の中の音を解放できる。

百聞《ひやくぶん》は一見に如《し》かずと言うけれど、脳内の音は百回千回と鳴らしたところで、現実の一音にも敵《かな》わない。リアルに耳にする自分のオーケストラは、どれほど甘美《かんび》な響きだろう。

想像するだけで武者震いだ。

「ダメよ」

「西上さん」

「弾き振りなんて、どれだけ時間を取られるかわかってるでしょう。わりに合わないわ」

損得勘定でオファーの良し悪《あ》しの決まるマネージャーは相変わらずだ。

実際、正しい。

「あなたのネームバリューに乗っかりたいだけに決まってるもの」

それもまた事実かもしれない。注目は収益に直結だ。しかし、話題性への拘《こだわ》りはそれだけ自己満足ではなく本気であるということ。

結成したオーケストラを、発足者は継続していきたいとも言っていた。

「なに西上さん、俺にそんな実力あるわけないと思ってる?」

「それは……」

『ない』と言い切らないところが西上らしい。

遠慮ではない。西上は元ピアニストだ。プロになったにもかかわらず、自分の才能に早々に見切りをつけて裏方に回ったらしいが、耳の確かさを感じる瞬間はある。

耳だけは、どうやら純粋《ピュア》なまま。

間を置きつつも、嘘のないマネージャーは折衷案《せっちゅうあん》でも見つけたように答えた。

「まだ早いわ」

「一色刺繍ですか」

ノートパソコンの画面の中で、男は吹野のチャットの文をなぞるように言った。

リビングの奥の小さな丸テーブルだ。森を望む広いガラス窓は採光《さいこう》がほど良く、いつの間にかWEB会議ツールでの打ち合わせスペースになっている。

編集者の谷村《たにむら》は三十代で、年の近い男だった。手芸の本に携《たずさ》わっているのは仕事と割り切ってのことかと思いきや、編み物好きが高《こう》じて入社し、吹野の刺繍のファンでもあるらしい。

自分も男のくせして、先入観が入ってしまっていた。どちらかというとスポーツをやっていそうながっしりとした肩幅の男ながら、筋肉と手芸に関係はなく、比例も反比例もしない。

「あ、すみません、つい」

谷村はペコリと頭を下げた。

口答《こうとう》で返事をしたからだろう。ビデオ通話を使って打ち合わせと言っても、会話は主にチャットでやり取りをしている。

『大丈夫です。だいたいは唇の動きでも読めてます』

吹野は入力し、口角《こうかく》を上げて笑みを添えた。

聞く分には、読話《どくわ》でも充分だ。そう何度か伝えたにもかかわらず、谷村がチャットに拘るのはこちらに合わせているからに違いない。

自分も発話《はつわ》すればいいだけだ。そのために学び直しもしている。最初はオフにしていたマイクも今はオンで臨《のぞ》んでいるにもかかわらず、どうにもきっかけがつかめない。

――まだ怖《おそ》れてでもいるのか。

他人が怖いというよりも、他人の優しさも知っているからだろう。発音が正しくなくとも、素知らぬ振りで受け止めてくれる気遣い。ダンボールに詰め込まれすぎた緩衝材《かんしょうざい》のようで戸惑う。

今はまだ館原に対してくらいだ。家族以外の他人で健聴者《けんちょうしゃ》でありながら、自然に話せるのは。度々《たびたび》、言葉がよれたなどと言って誘導する困ったところはあるけれど。

今更、聞きたがるのが不思議なくらいの他愛《たわい》もない言葉だ。

――好き。

この場に相応《ふさわ》しくない会話まで思い返しそうになった吹野は、慌ててキーボードをタイプした。表情も引き締める。

『どうでしょう。単色の刺繍だとやはり地味でしょうか？』

『そうですね……正直、本を手に取ってもらいやすくしたいというのはあります。新たに送っていただいた図案はどれも素晴らしかったです。動植物は単体でも組み合わせでも映《は》えるモチーフですし！　ただ、それだけに一色刺《ざ》しではもったいない気が』

『実用性を考えると、単色からだと思うんです』

前回までの打ち合わせで、グラビア的な刺繍本ではなく、実際に読者が刺してみたくなるような内容にしようと話がまとまっていた。

『僕も一色だけでよく刺しますが、使い勝手がいいです。これまで販売させてもらった中でも、日常的に使用していると反応が多かったのは単色でした。年齢性別問わず、さり気《げ》なければ職場でも使えますし』

自分自身が始めたきっかけも単色だった。シンプルでなければ尻込みして、針と糸を手にしようなんて思わなかっただろう。

『ハードルの低さは、本を手に取ってもらうきっかけにもなると思うんです。これまで、刺繍に興味がなかった人でも、ちょっとやってみようかな、これならできるかなって思ってもらえる本になれば……布は用意しなくても、既成《きせい》のハンカチや服、カバーなんかに刺したっていいわけですから。僕なんて楽器のクロスに無断で刺してしまったこともあります！』

『！』を入力すると同時にタンッとエンターボタンを押してしまい、『あっ』となった。

『すみません一方的に』

谷村は首を横に振った。

『嬉しいです。吹野さんの熱意が知れて。最初はあまり乗り気ではないのだとばかり』

『すみません』

一度は聴覚障害を明かそうともせず、逃げて断った自分だ。

『ご事情はわかりましたし、大丈夫です。僕も精いっぱい協力させていただこうと思ってますんで、安心してください』

「あ……」

口を開いたものの声にできず、キーボードの上の指のほうが反射で動いた。

『ありがとうございます』

『確かに、単色刺繍は新たな刺繍ファンの獲得に繋がりますよね。元々広くはない世界ですし、取り込む努力をやめたら先細ってしまうと危機感は持ってるんです。本は装丁《そうてい》次第で目を引けるはずですし、もうデザイナーの候補も上がってるんで、後でサンプルをお送りしますね』

『楽しみです。お待ちしてます』

『発売したら、展示会もぜひやりましょう！』

『展示会ですか？』

『作品の展示です。ギャラリーを併設《へいせつ》してる書店もありますから、発売と同時に開催すれば話題にも繋がります』

『なるほど』

テンポよく画面の右端に互いの文章がならんだ。ポンポンと送り合い、止めどなくスクロールするように流れて行く。

『作家さんにも来場《らいじょう》してもらって、サイン会や握手会をやるとさらに盛り上がるんですよ』

谷村からのチャットが、はたと途切れた。顔を見ると、ハッとなった表情をしている。

その一瞬で、吹野は察した。

『大丈夫です。来られる必要はありません。今は吹野さんのように顔出しは苦手でやらない方も普通ですから！』

声にして発さずとも、気遣いを強《し》いてしまうことに変わりはない。

自分が望もうと、望むまいと。


光が強いほど影は生まれる。

日陰でも屋内でも、日の当たらない場所に引き籠もっていれば忘れていられる己の影も、太陽の元へ出ればにょっきりと伸びる。

その形を偽ろうとすれば、今度は嘘まで生《は》やすことになる。

故意でも、そうでなくとも。

『もしかして起こした？』

ノートパソコンの傍《かたわ》らでスマホが震え、吹野は意識を引き戻された。

館原からだ。届いたラインに返信をしたところ、来るとは思っていなかったらしい。

もう二時を回っている。『まだ起きてた』と返す吹野の表情はふっと緩んだ。一方で、家にいながら肩に力が籠るほど緊張していた自分にも気づいた。

リビングの窓辺の丸テーブルに開いたノートパソコン。ちょっとのつもりが、何時間も捏《こ》ねくり回し続けた文章が並ぶ。パン生地なら捏ねすぎで、もそもそのバゲットが焼き上がるところだ。

『少しいい？　顔見たい』

『いいよ』と返して、昨夜はできなかったビデオ通話を始めることにした。

『響《ひびき》さん、久しぶり……って、そうでもないか』

館原は黒いスウェットの上下だ。どうやら自宅マンションの防音室で、背景を見ただけで遅くまでなにをしていたかはわかる。

「おつかれさま。仕事、してたんだろ？」

吹野はゆっくりと口を動かした。気づけば喉《のど》も乾いていて、上手く発声できたか怪しい。

『まぁね、響さんこそ。起きてると思わなかった』

「最近は夜型で、よく遅くまで刺してるよ」

『こんな時間まで？　俺の連絡待ってたとかじゃなくて？』

「ちがう」

『あ、即答ひどい』

「……今日は刺繍、でもないけど」

画面の男は首を捻《ひね》る仕草をした。

「ちょっと、文章を考えてた。どう説明しようかと思って……そろそろ話しておこうかと……あー、これまで作品を買ってくれた人や、SNSのフォロワーの人たちに？」

館原に伝える言葉すら、のろのろと曖昧《あいまい》に選んでしまう。

昼の打ち合わせで、以前から覚えていたもやもやが重たくなった。

聴覚障害を伏せて進めようと周りが舵《かじ》を切ってくれるほどに、違和感が膨《ふく》れた。編集者の筋肉と手芸に相対関係がないように、自分の障害と刺繍も無関係——とまでは言い切れない。

少なくとも、始めたきっかけに障害は関わっている。それをなかったことにするのは嘘に思えた。足元から伸びた影の形を偽ったところで、その手で張りぼての耳や尻尾《しっぽ》を生やしているのを自分は知っている。

『そっか……みんなの反応が気になるね』

「言ってしまったら、後戻りはできないからね。やっぱり慎重になる。正直、今じゃなくてもいいかなって、迷いがあって……」

『はっ、まさかやめる気⁉』

見るからに強い拒否反応。

吹野はギクリとなった。『そうだね』『今はやめておきなよ』『行動はいつだってできる』

——どうやら自分が期待していたのは、そんな甘い同調だったらしい。

『ここまできたら行動あるのみでしょ。もう走り出してんだから、坂道転がりだした自転車は止まらないもんだって』

「自転車?」

『響さんに出会えたラッキーアイテムだよ。去年、俺が山の上の療養所から逃げ出して、放置自転車拾って辿り着いたってのは話しただろ?』

「あー……」

『勢いのままに乗ってさ、気持ちよかったよ。漕《こ》がなくても坂はどんどん走る。風受けて、空見上げて、そしたら音楽が聞こえた。仕事以外で思い出しもしなくなってた曲がさ、頭ん中にパアッて鳴り出したんだよ。勢いとか、流れに身を任せるって案外大事なんじゃない?』

　館原の唇は、ゆっくりと重い説得口調だ。

『言っちゃいなよ、本が出ますって』

「……?」

　しっかりと読み取ったにもかかわらず、吹野は「えっ」となった。ズレた本題に気づいた。

　悩んでいるのは、聴覚障害のカミングアウトについてだ。

『本の発売の告知だろ?　まだ具体的に決まってないのに、まずいって?』

「いや、そういう……」

『いいじゃん、ダメになったときはそう言えばいいんだし、モチベーションにもなるって』

「そう、じゃ……」

『響さん？』

何度か否定しかけてやめた。

「いいよ、続けてって。さっきから聞き流してる？』

『なんだよ、続けて」

「ちゃんと見てるし、聞いてるよ。もっと聞きたい。君の、その意見」

館原の勘違いに気づきながらも、思いなおした。背中でも押されるような感覚。自分にない熱さを内に秘めた男の声はひどく心地がいい。

直向《ひたむ》きな情熱がなければ、ヴァイオリニストではいられない。ときに衝動さえも味方につけ、彼は道を切り開いてきたのだろう。

風を受けて、走る自転車。空を見上げれば——頭に流れ出すメロディ。彼を見ていると、いつも自分にもそれが聞こえる気がする。

吹野は、そっと画面に手を伸ばした。

恋人の顔に指で触れる。

声だけは何事もないかのように澄まして発した。

「自転車泥棒も役に立ったね」

『あれって、やっぱ盗難自転車だったのかな？』

「うちから盗まれたものだしね」

『はっ？　響さんの自転車ってこと⁉　なんで言わなかったの？』

「君が大事そうに整備して乗ってたし。僕はもう、盗《と》られる前からずっと使ってなかったから、まぁいいかなって」

指先でたどたどしく触れられたとも知らず、洗いざらしの黒髪の男は困惑顔だ。ハンサムは得なもので、髪はボサボサというよりナチュラルに映る。

吹野はフハッと声を立てた。言葉にしようと発したのではなく、ただの笑い声だ。

なんでもない会話でも笑いに変わる。声にできる。

会話はいつの間にか雑談になりつつも、吹野の心は走り出したまま。久しぶりに自転車を走らせる感覚を思い出した。

通話を終える際には、どちらからともなく声を掛け合う。

『おやすみ』

「おやすみ」

微笑《ほほえ》んだまま、ふつりと通話を切る。

瞬間、いつも静けさを感じる。最初から無音にしか感じられない部屋にもかかわらず、絶たれた繋がりに覚える喪失感《そうしつかん》。嘆くほどではなくとも確かに胸に去来《きょらい》した淋しさ。

それが恋しさゆえだと知っている。

だいぶ前から。

——彼と出会ってから。

吹野は開いたパソコンもそのままに、スマホだけを手に二階の寝室へと移動した。

明かりもつけないまま窓辺に歩み寄り、格子《こうし》のガラス窓を開放して冷たい夜に触れる。

息を吸う。深く吸い込み、細く吐く、長く。深呼吸を繰り返しながら、今夜も変わらず美しい星空へと手を伸ばした。

一際強く光る星を、手のひらへ。左の指の背へと移すように乗せてみる。

きっと館原の元でも、等しく美しく輝いているに違いないシリウス。そう想像してみるだけで、優しい気持ちにも穏やかにもなれる。

夜はどこまでも繫がっている。

大丈夫。

今も背中をそっと押された気がした。

モーツァルトは、音楽の最高の効果を無音にあると言ったとか言わないとか。

実際、休符が音楽に成りえるのは狭間《はざま》を生む音があってこそであり、逆を言えば狭間が意味を持つとき、それは美しい音が周りに存在するということだ。

「はぁっ⁉︎」

自《みずか》ら上げた声に館原は驚いた。

夜の街角ではやけに大きく響く。

今日はテレビの収録だった。クラシック番組ではなくバラエティで、本音は興味のなさそうな司会者が話を広げようと楽器の値段ばかり訊いてくるので辟易《へきえき》してしまったものの、これも仕事だ。普段無関心な層にこそ、是《ぜ》が非《ひ》でも興味を持ってもらいたい。

先を急いで帰ったつもりの館原は、スマホ片手に歩道で硬直した。共演した演奏家に追い越す間際に声をかけられるも、オウム返しの挨拶《あいさつ》をするのがやっとだ。

心ここに在《あ》らず。不意に入った情報を脳は受け止めるだけで精いっぱいになる。

そういえばアレはどうなっただろうなんて、軽い気持ちで吹野のSNSにアクセスした。自分自身は放置しがちなアカウントは、恋人のツイートを覗くのにちゃっかり役立ってしまっている。

こそこそとした覗き見の罰か。

目にしたのは、本の発売に関してのツイートではなかった。

『最近、音符のモチーフが増えましたけど、僕には重度の聴覚障害があります。耳、まったく聞こえてません。薄々気づいてたなんて方、もしかしています？』

しかも、やけにさらっとしている。

「嘘だろ、おい……なに軽く呟いちゃってんの、あの人」

動揺のあまり、あの人呼ばわりだ。少し前までは障害について注目されるのを強く嫌がっていただけに、信じられない。オロオロしつつも、館原は一歩踏み出そうとして、今度は投稿日時に目を留めた。

日付が一昨日《おととい》だ。午前三時過ぎ。自分とビデオ通話で話した直後に投稿したことになる。ヴァイオリンケースをかけた肩が丸まるほどに画面を凝視《ぎょうし》し、思い至った。

――あの話。

打ち明けるかを迷っていると言っていたアレは、本の話ではなくコレだったに違いない。自分が通話中にこっそりと画面の白い顔を撫でたり突いたりしている間に、こんな大それた爆弾を投下《とうか》するか否《いな》かを吹野は迷っていたのだ。

せめて早くにSNSを確認していればよかった。仕事に追われる間に日付が飛んでいた。

「なんで今……」

今、このタイミングで、吹野が障害を明かしておこうとした理由。

本の発売と無関係のはずはない。

――やめるどころか、どんどん前に進もうとしている。

ツイートに集まった反応は概《おおむ》ね好意的だ。急にカミングアウトした理由を問う声はあるものの、率直な驚きや応援が並び、フォロワーの難聴者《なんちょうしゃ》から共感のコメントもついていた。

吹野はカミングアウトのノリとは裏腹に、一つ一つに丁寧な返信をしていた。タップして続きを見ようとして、覗きの疚《やま》しさもある館原は小さな振動音《しんどうおん》にビクリとなった。

ラインの通知だ。

ついでに踏み出そうとしていた一歩も、また引っ込む。

吹野ではなく、指揮の依頼の件だった。催促というほどではないものの、そろそろ返事を欲《ほっ》しているのが雑談めいたメッセージにも滲む。

「あ……」

さっきから一向に前に進んでいない。吹野の背中は勘違いで押しておきながら、自身はすっかり停滞している。

——決断の一つすらもできず。

SNSの覗きよりもよほど罪深い。

坂道を転がる自転車。あの日のような衝動が自分の内には足りていない。

ようやく歩き出した身は、ただ仕事終わりの疲労を感じているのみだ。

コンクリートのビルが聳《そび》えるばかりの通りは、街路樹もまだ色づきすら見せておらず、夜気を吸い込んだところであの日の『鱒《ます》』のような音楽が頭に降りてくることもない。

表情を曇《くも》らせる館原は、ビルの谷間に一点の光を見つけた。

ぱらり適当に撒《ま》かれたように星の少ない都会の夜空に、その星はあまりに不釣り合いに強く輝いている。

まるで見つけてくれと言わんばかりに。

館原は手を翳《かざ》した。

左の指に乗せてみる。

星は等しく見える。ここからも、どこからも。高原の森に佇《たたず》む三角屋根の家からも。

夜はどこまでも繋がっている。

星を指に嵌《は》めて吹野を感じ、耳を澄ましていれば、無音の頭にも音が降りてくる気がした。

美しい音色。あの出会いの日の『鱒』のような高揚感に満たされ、背中を押されたがっている自分がいた。


『言ってくれたらよかったのに』

館原からのラインが、吹野の元に届いたのは昨夜だ。

『響さん、俺の勘違いに気がついてたんだろ?』

『あっ、責めてるわけじゃないから!』

『ツイートしたの教えてほしかったなってさ。ちょっと思っただけ』

『うん』

返事を入力しようとする間も次々と送られてきて、ポンポンと並ぶ吹き出しに画面は押し流されつつ吹野は送った。

『君、いつも見てるんだろうと思って』

言葉の代わりに、両目を手で覆《おお》ったクマのスタンプが返った。『見てません』なのか『ごめん』なのかわからないけれど、どうにも焦《あせ》っているとしか思えないクマに、吹野はぷっと噴き出した。

笑いながらも、返した。

『僕と一緒に迷ってほしいわけじゃなかったから。背中を押してくれて助かったよ』

吹野もスタンプを送ろうとしてやめた。いくらでも手頃なスタンプで代用できる気持ちながら、自分の言葉で告げることにした。

『新良《しんら》、ありがとう』

息を吸う。深呼吸をしても空気は冷たくはない。

スマホを手に思い返す吹野は、リビングにいた。窓辺の小さな丸テーブルは、ガラス越しの午後の陽光に温められ、秋というより春めいたうららかさだ。

作業が一段落したところだ。僅《わず》かでも時間が生まれると、館原とのやり取りを思い出す。ラインのトーク画面まで眺めることも度々《たびたび》で、『既読』にカウント機能まで備わっていなくてよかったとつくづく思う。

このところ、自分はヘンだ。

そわそわしている。

スマホをテーブルに戻そうとしたところ、不意に着信に震えて落としそうになった。

ツイッターのＤＭだ。通知は切っていたつもりが、ダイレクトメールは残したままだったらしい。

カミングアウト以降、たくさんの反応をもらった。以前であれば、急に増えた『応援』を、ハンディへの注目だなどと捻《ひね》くれた思いで受け止めたかもしれないけれど、不思議とそんな考えは抱《いだ》かずにすんでいる。

転がり出した自転車。確かにサドルにでも跨《また》がり、流れに身を任せている感じだ。見える景色が変われば気持ちも変わる。

『もりのひびきさん、こんにちは』

吹野は身構えつつ、届いたＤＭを開いた。

ほかの人には見られないように送られたメッセージだ。スパムや誹謗中傷《ひぼうちゅうしょう》やもしれず、冒頭の挨拶《あいさつ》をそっと目で追った吹野は、ホッと肩の力を抜いた。

『実は僕にも障害があります。なので、もりのひびきさんの告白に共感を覚えました』

聴覚障害の人からのコメントだと思った。

安堵する。ほぼ同時に、自分の大きな勘違いがわかった。

『共感する一方、今も別の世界の人だと感じたりもしています。あなたの作品の大ファンを自負していますが、あなたの刺繍を一つも一度も見たことはありません。僕には視覚障害があり、目が見えないからです』

『オ・デュ・ラック』は、軽井沢《かるいざわ》の湖畔《こはん》にあるレストランだ。格別に美味《おい》しいと評判のフレンチで、小さな洋館は日が暮れて湖が宵闇《よいやみ》に沈んでからも賑《にぎ》わう。

週末ともなれば予約でいっぱいながら、今日はたまたまキャンセル空《あ》きが出ていた。

「本当にすみません、急にお声掛けした上、店まで予約していただいて」

白いクロスのテーブルでは、カッティンググラスのキャンドルホルダーの中で炎が揺れている。場違いにロマンチックな光を浴びた編集者の谷村《たにむら》は、恐縮《きょうしゅく》しきっていた。やけに腰の低い男で、パソコン画面の印象より大柄ながら威圧感はない。

長野への急な出張が入り、軽井沢まで足を伸ばしたいと連絡が入った。

「いえ、僕も機会があれば直接お会いしたいと思っていましたので」

吹野《ふきの》はにこりと笑む。

タイミングよくウェイターがコースの前菜を運んできた。

「やっぱり、コースにして正解でしたね。ここのコースは季節感が豊かで評判なんです」

美しいプレートの料理に目を輝かせるも、谷村のほうは皿よりこちらをじっと見ている。

「もしかして……声、聞き取りづらかったらすみません。小さいですか？　大きすぎます？」

吹野はさりげなく周囲の反応も窺《うかが》った。発話《はつわ》は強弱も難しい。感覚頼りのため、ろう者も難聴者《なんちょうしゃ》もつい声が大きくなりがちだったりと知らず知らずのうちに顰蹙《ひんしゅく》を買うことがある。

谷村はめっそうもないとばかりに、片手を顔の前で振った。

「いえいえ、とんでもない大丈夫です」

「遠慮なくおっしゃってください。そのほうが助かります」

「本当にちょうどいいです。普通に綺麗に話されているので驚いてしまって……あっ、普通にって失礼ですね。あっ、綺麗にってのも……」

「いえ、ありがとうございます。よかったです。筆談よりはスムーズかと思いまして」

吹野はまごつく男に微笑《ほほえ》み返した。

カミングアウトにより、広く公表したことでなにかが吹っ切れた。オープンにしてしまえば、些末《さまつ》な体裁《ていさい》に拘《こだわ》り、『怖《おそ》れ』を必死で正当化していた自分も馬鹿らしく思えた。

発音がおかしければ直せばいい。気遣われたなら、おかしなところがないか問えばいい。

——ただ、それだけのこと。

「話すのは不慣れで、今までつい避けてしまっていてすみません。発話《はつわ》は子供の頃から習ってはいたんですけど……最近、また勉強しなおしているところです」

「学校でですか？」

「オンラインのコミュニティです。あー……でも、教えてくれる人はほかにもいます。教わってる感じじゃなくてその、普通に使って、変だったら突っ込まれて……楽しんで喋《しゃべ》るうちに自信も持ててきたっていいますか」

頭を過《よ》ぎったのは、ヴァイオリンを身の一部のように操《あやつ》る男だ。考えてみれば、忘却したはずの幼少に聞いた音楽すら蘇《よみがえ》らせたミラクルな男だった。

「ああ、確かに使うのが一番ですよね！　わかります、僕も英会話教室で実感したばかりで……あっ、すみませんまた余計なことを」

「同じですよ」

「えっ」

「英語を学ぶのと変わりないんです。ろう者の僕にとっての母語《ぼご》は手話《しゅわ》ですから……手話には『てにをは』がありませんし、文法も単語の数も全然違います。それでなかなか正しく使いこなせなくて……外国人みたいって、子供の頃はからかわれたりもしていたんです」

ははっと笑い飛ばしたにもかかわらず、谷村は神妙な面持《おもも》ちになった。

「吹野さん、大変な思いをなさってこられたんですね」

優しさから選んでくれたであろう言葉。

吹野は真っすぐな眼差《まなざ》しで読み取り、肯定《こうてい》した。

「ええ、頑張りました。だから、せっかく覚えたものはそろそろ思い切って出していこうかと」

否定も謙遜《けんそん》も、猜疑心《さいぎしん》すらも混ぜ込まなかった。谷村は驚きつつも、次の瞬間には「それがいいです」と相好《そうごう》を崩して、目元から口元まで顔の筋肉を緩《ゆる》ませた。

「あっ、早く食べましょう、吹野さん。冷めてしまいます……って、最初から冷たいですね」

菜園《ジャルダン》をイメージしたという前菜は、色鮮《あざ》やな野菜がふんだんかつ繊細《せんさい》に盛りつけられている。細やかにカットされ、散りばめられた野菜はどこかきらめくビーズ刺繍《ししゅう》を思わせた。目に焼きつけるように味わう。

食事の間の会話は、もちろん刺繍の本についてだ。気の早い谷村が、発売時にやろうと言っていた展示会にも触れたので、吹野も切り出す。

「展示は、実は僕からも希望があるんですけど」

「なんですか？　アイデアがあればぜひ……」

「ぜひ、触《さわ》れるようにしてください」

「えっ……」

「自由にどなたでも、作品に触《ふ》れてもらえる形でやりたいんです」

食事はメインへと移り、栗のソースを塗《まぶ》した和牛フィレ肉を今まさに頬張《ほおば》らんとしていた谷村は、そのまま唖然《あぜん》の顔で硬直している。

「ダメでしょうか？」

「だ、ダメと言いますか……作家さんには普通は嫌がられますんで。販売品以外は、まず……

いやぁ、なかったですね。布物は汚れやすいですし」

「刺繍の魅力って、僕は質感にあると思うんです。プリントにも織物《おりもの》にもない、ステッチの質感こそ、刺繍の真骨頂《しんこっちょう》と言いますか……それって目で見ても感じられますけど、触れればより感じますよね」

眺めるばかりが刺繍の楽しみではない。そんな意外なようでいて当たり前の特性に、SNSへのメッセージで気づかされた。

DMは、脳の障害で視力を失ったという男子高校生からだった。母親からのプレゼントのブックカバーで『もりのひびき』の刺繍を知ったという。布物など素材違いの無地にしか思えず、色柄などもう自力《じりき》ではわからなくて当然と思っていたものが変わったと教えてくれた。

母親が選んだのは、小さな青い花のカバーだった。もし日常的に見えていたとしても気に留めないような草花。雑草の陰で音もなく花弁を開いては閉じる。そんな小さな花だ。

DMについて告げると、谷村は頷く。

「では、どうでしょう。視覚障害のある方だけ、特別に触れてもらえるようにするのは？」

吹野は迷わず首を振った。

「大げさかもしれませんけど、僕は刺繍は平等だと思うんです。見えない方は、よりステッチを触れ心地で感じ取ってらっしゃるかもしれませんが、見える人にも感触で伝わるものはあると思います。誰の前でも同じ刺繍です」

指でなぞる糸の膨らみのあの感触。糸の本数一つでも違ってくる。ころりとした粒のようなフレンチナッツ・ステッチでは小さな粒から、大きな粒まで。粒は花の内に刺せば雌《め》しべに、夜空ならばきらめく星にも変わる。

絵筆の先の色が、キャンバスの上では何物にも成り得るように。

楽しみ方を送り手が決めてしまってはつまらない。

DMには返事もした。

自分もけして別の世界の人間などではないと。耳が聞こえなくとも、好きなヴァイオリニストがいて音楽を楽しんでいるし、見えなくとも刺繍を楽しむ彼と変わりはない。

そして、自分も館原《たちはら》のように誰かに喜びを与えられているかと思うと嬉しかった。

本の発売についても、いずれ告知できる日を待ち遠しいと思えるほどに。

「……そうですね。テーマも単色刺繍ですしね。見えても見えなくても同じですよね」

谷村の返事に、吹野はホッとしてはにかんだ。

「実は、僕の得意は布も糸も白いテーブルクロスだったりします。洗いやすいのも自慢です」

小さなサイン一つで人の心は一喜一憂《いっきいちゆう》、ときに焦《あせ》りさえ覚えるものだ。

仕事を終えてマンションに帰った館原は、ソファにヴァイオリンケースを下ろし、落ち着かない感情のままにキーケースをテーブルに放ると、重力に任せて腰を落とした。

スマホと向き合う。

「一段落ついたから、話したいと思ったんだけど……響《ひびき》さん、忙しかった？」

ビデオ通話だ。

いつもならすぐに反応のある時刻に吹野からラインの返事がなく、さっぱりつかない既読の『サイン』にも不安になって電話をした。マイペースな恋人は別荘生活も長いとはいえ、森のポツンとした一軒家なんて普通に心配になる。

『ごめん、ラインに気づいてなくて。食事してたんだ』

「え、一人で？　もしかして『オ・デュ・ラック』？」

タートルネックのカットソーに、キャメルのテーラードジャケットと綺麗な服装と思えば、スマホの映像がぐるっと回るように動いて驚く。

吹野は外にいた。背景は二人で行ったこともある、湖畔の人気レストランだ。店名のわかりやすい看板こそ見当たらないものの、特徴的な洋館で入口を見ただけで察した。

『急に連絡が入ってね』

長野に出張で来た編集者に会うことにしたのだと、吹野は少し寒そうに肩を竦《すく》ませながら答えた。東京はさほど冷える夜でもなく、隔《へだ》たれた距離を感じる。

「へぇ……そうだったんだ」

どこか白々《しらじら》しく自身の声は響いた。先日軽井沢に行った際も、吹野を誘おうとしたけれど予約の取れなかった店だ。

『たまたまキャンセルが出ててね。コースをご馳走《ちそう》になってしまったから、かえって申し訳なくて……お礼はしようと思ってるけど』

吹野の返事さえも言い訳めいて感じられる。

我ながら大人げない。一緒に行きたかったくらいでと、気を取り直して冗談めかした。

「土日なんて、カップルばかりだろ？」

『うん、浮いてたね』

「はは、浮くより響さんも思いっきりカップルに見えてたりして」

『どうして？　僕も谷村さんも男だよ』

「え……？」

言葉一つで鼓動が跳ねた。トクンより重い、ドクンだ。

『あ、でも最近は同性カップルも一般的になりつつあるから、見間違われたかもしれないね』

大舞台でも緊張知らずの心臓が盛大に鳴る。

手芸の編集者は女性に違いないという先入観。時代錯誤《さくご》な価値観にがっちりホールドされていたのは、どうやら自分のほうだ。

べつに女が男に変わったところで、なんら変化があるわけもないけれど。むしろ本来、同性のほうがあるまじき関係には発展しづらいはずだ。

　本来であれば。

「も、もう帰るところなんだろ？　そいつ……いや、担当の編集さんは帰ったのか？」

　嫉妬心がむくりと起き上がる。頼むから寝てくれと二度寝をせがんだところで、コントロールが効かないのがジェラシーというもの。

　努《つと》めて何気ない声を装《よそお》うだけで、館原は精いっぱいだった。

『今、会計をしてくれてるよ。外で待っててって言われたんだけど……遅いな』

　吹野はチラと背後を振り返り見るも、入口の扉は閉じたままだ。

『新良《しんら》、そういえば明日はコンサートだろう？　急に代役になったたって』

　さらりと話を切り替え、仕事の予定に触れてくる。

　都内のチャリティコンサートだ。複数の演奏家が参加するが、ヴァイオリニストの辻岡《つじおか》が体調不良で欠席となり、白羽《しらは》の矢が立った。

　ベテランの代役も館原ならば申し分なく、急遽《きゅうきょ》変更しても影響が少ないと見込んだらしい。やたらとチャリティを強調され、すっかり弱みでも握られたようだった。

「とっくに一段落ついてるって。それより響さん、車で来たの？　タクシー？」

『車だよ。ワイン飲めないのはちょっと残念だったけど』

「飲めなくていいよ。飲まなくていい。響さん、お酒そんなに強くもないだろ。ほら、もう遅いし早く帰んないと」

『まだ九時前だよ？　子供じゃないんだから。ふふっ、夜はこれからと思えば……』

微笑みさえも意味深に取れてしまい、手元の四角く切り取られた世界を凝視《ぎょうし》する。背後でレストランの扉が前触れもなくパッと開き、館原は『あっ』となった。

吹野は気づいていない。響いたであろう音に反応することもなく、館原だけがソファで前のめりになった。店内の暖かな橙色《だいだいいろ》の光が、扉が開いた途端に雪崩《なだれ》の起きたクローゼットのようにどっと漏れ、同時に大柄な男がぬっと現れる。

焦った急ぎ足。パンパンに荷物で膨《ふく》れた黒いバッグを引っ提《さ》げた男は、ぐんぐんと歩み寄ってきて、館原が『後ろ、後ろ！』と幽霊か暴漢《ぼうかん》でも現れたように騒ぐ間もなく手を伸ばした。

吹野の肩に軽くタッチする。

「ちょっ、なに触ってんだよっ……」

吹野は『えっ』となった。館原の暴言に驚いたのか、左肩の感触に反応してかわからないけれど、『あっ』と振り返り見る。

編集者は背も高い。そういえば、以前会った訪問相談員も似通《にかよ》った体格の男だった。何故、こんなタイプばかり吹野の元に集まるのか。

フレームアウトした顔からは、「お待たせしました」の声だけ聞こえる。仰《あお》ぎ見る吹野の愛《あい》想《そ》よく笑んだ顔が、見たくもないのにしっかりと目に焼きつく。

『じゃあ新良、また後で』

「ちょっ……」

チョットも言い終えないうちに、ふつりと通話は切れた。

「…………いや……いやいやいやいや」

大人しく『じゃあまた』なんて気分になりようもない。

浮気現場のライブ映像でも見せられた気分だ。九割方、いや十割そんなわけがないと思っていても、一度起きると寝つきがとことん悪いのがジェラシーというもの。

欲しいのは『サイン』だ。

小さな安心さえあれば、心は静謐《せいひつ》な森や凪《な》いだ海のように穏やかになる。慈悲深い神にも仏にもなりようがある。

十分待った。余裕を見て五分追加した。レストランからの距離なら帰りつく頃合いを見て、ラインを送った。反応はなく、仕方がないので駅まで送ったのだろうと計算を改める。

回り道でプラス十分だ。まだ反応はなく、新幹線の時間まで付き合うことにしたのだろうと考えを渋々改めた。

返事はない。

いや、軽井沢ではなく長野駅のほうか。

いやいや、それにしたってもう遅すぎるだろう。発車時刻までホームで別れを惜しんで見送りか。それってもう、半分カップルみたいなものじゃないか。

『響さん、今どこ⁉』

送信しようとして、ドキリとなる。すでにいくつ目だというメッセージが並んでいる。これ以上は重たい。

館原は気を落ち着かせるべく立ち上がった。

目線が変わったところで大して気分も晴れないものの、バルコニーへ出て冷たい空気でも吸うことにした。プランターのハーブもちょっとした癒《いや》しか。吹野の夏の滞在以来栽培《さいばい》し続けており、緑の葉は夜露《よつゆ》でもまとったように星明かりに輝いている。

街の夜空には、今日も一点の光が見えた。

一、二、三、四、五、六――思わず途中まで数えたものの、意味がないと気づいてやめた。
吹野が車を停めて確認すると、館原からのラインと着信がスマホに大量に届いていた。さすがに動揺しつつ、路肩《ろかた》に寄せた車の中でシートに背を預けたまま連絡した。

「ごめん、電話くれたのは気づいたんだけど、谷村さんを待たせても悪いと思って。さっきまで一緒だったんだ」

『さっきって、あれから二時間以上も経《た》ってるけど……お茶でもしてたとか？』

画面越しの眼差しが、むっとしている。館原らしい。人は機嫌を損《そこ》ねると目を逸《そ》らし加減にもなるところ、逆に負けん気強く真っすぐにこちらを見る。

『それに……響さん、まだ車？』

「ドライブをね」

『えっ？』

「ホテルを取ろうかと思ってたんだけど」

『はっ⁉』

「急に実家に帰ると何事かと思われるし」

謎かけをしたいわけではないのに、言い終えないうちに突っ込まれるせいで会話が細切《こまぎ》れになる。

忙《せわ》しなく動く黒い眉。出会った当初よりずっと、館原は表情が豊かになった。きっと伝わるようにと話してくれるうちに癖づいたのだろう。

『実家って？』

「新良、さっき一段落ついたって言ったけど、明日の準備は本当にもういいの？」

見るからに、そんなことはどうでもいいと言いたげな顔だ。

『べつに本番は弾くだけだし』

ステージに立つことは、遠足前の子供ほどの特別感もないらしい。実際、完全なぶっつけ本番であったとしても、大きく崩れたりはしないに違いない。

「じゃあ、僕も聴くだけだね」

吹野は緩く笑んだ。

――聴くだけでも、きっと鼓動は高まるだろうけれど。

今もそれこそ、遠足前の子供のような高揚感だ。

『……え？』

「やっぱり代理でも聞き逃《のが》したくないと思って」

『……って響さん、今どこにいんの⁉』

静止画のように笑みだけを湛《たた》え続けていると、視界の端で動きがあった。運転席の窓越しには、見慣れた低層マンション。最上階でもある三階のバルコニーに、人影が飛び出すように現れたのを感じる。

言葉にできなかったのは、もったいつけたわけでもなく気恥ずかしかったからだ。多忙なヴァイオリニストの元に押しかける罪悪感も、いい年した大人としては伴《ともな》う。

だから、こっそりホテルに宿泊しようと考えたのも本当で。

けれど、やっぱり一日会いたいと思ってしまった。

吹野は街灯の下で一層《いっそう》白く映る、カルサイトホワイトのステーションワゴンから降り立つ。

バルコニーの端で身を乗り出す男を仰《あお》ぎ、繋がったままのスマートフォンをぎゅっと握りし

めた。

「半分嬉しくて、半分嬉しくはない」

部屋に迎えてくれた館原は言葉だけでなく、表情も晴れだか曇《くも》りだかわからない曖昧《あいまい》な顔をしていた。

「やっぱり急に来てめいわく……」

「それはない。それは一切ないけど、微妙な気分にもなるだろ。ほかの男と長時間のドライブしてきたなんて聞かされたらさ」

「ただの食事のお礼だよ。谷村さんは後部シートで居眠りしてたし」

家の近くまで送り届けた谷村は、恐縮していた。東京に行くついでなどと急に言い出し、驚かせたようだけれど、実家に急用でもできたと思ってくれたようだ。

「え、助手席じゃなくて？」

どうやらそこも重要らしい。

「知ってるだろう？　僕は運転中に会話はできないからね。気詰まりになっても悪いし、『後ろで休んでてください』って勧めたんだ。遠慮して寝ないでいるつもりだったみたいだけど……」

三十分も走らないうちに、バックミラー越しに舟を漕《こ》いでいる谷村の姿が見えた。疲労に夜間の走行が加われば一溜《ひとたま》りもない。

「へぇ……」

「実を言うと、苦手な人だったら後ろでもやめておこうと思ってたんだけど」

「それって、編集を気に入ったってこと？」

「そうだね……うん、こちらの話もよく聞いてくれて真面目な良い人だよ」

吹野は、荷物の小さなボストンバッグをソファの傍《かたわ》らに置かせてもらう。そのまま座ろうとすると、不満顔の男に遮《さえぎ》られた。

「それ、俺に言う？」

「本当のことだし、良い人か悪い人かで言えば……君より良い人だったりするのかも」

反応が途絶える。いろいろと身に覚えのありそうな男をむすりとさせてしまったものの、当てこすりをしたいわけではない。

さっと種明かしでもするみたいに言った。

「僕はべつに、良い人かどうかで人を好きになったりはしないけど」

「悪人でもいいってこと？」

「君は悪い人なんかじゃないよ」

この上なく優しい男であるのも知っている。秘めた優しさに当人がまるで気づいておらず、たまに悪ぶっているのをもどかしく感じるほどに。

拗《す》ねた目で見下ろしてくる男を仰ぐ。館原は外出着のままだ。着替えもせずにそわそわしてくれていたのかと、吹野の胸は騒がしくなる。

立ちはだかる長身は、なにを着ていたって飛び抜けて目立つスタイルで、人も羨《うらや》むルックスのくせして——

「これ以上、俺をヤキモキさせないでくれよ」

「ヤキモキでラインを大量に送ったり？」

「バルコニーで星を見たりね」

「ほし？」

「さっきまで、響さんにあげた星を見てた。ちゃんと覚えてる？」

照れくさいのか、視線が流れ星にでもなったように空《くう》を過《よ》ぎる。すっと逸らされた目を追いながらも、吹野は違和感を覚えた。

「シリウスはまだこの時間には昇ってないんじゃないかな」

「え、そうなのか？　すごい明るい似たような星が出てたけど。仕事帰りにも見た」

「それはたぶん木星だよ。うん、だってシリウスなら昨日も二時頃に南東の空に見えたから……」

「へぇ……響さん、相変わらず遅くまで起きてんだな……ていうか、最近いつも夜更かししてんのってもしかしてシリウス見るため？」

目線がパッと戻ってくる。

吹野は見事に反応が遅れた。

「え……」

「……え？　そうなの、マジで？」

互いに「えっ」を繰り返し、数秒のタイムラグののち、吹野はじわりと頬に集まる熱を感じた。

館原は機を逃さず、言葉を紡《つむ》ぐ。

「さすがは俺の婚約者様、指輪も毎晩嵌《は》めてくれてたなんて嬉しいよ」

一瞬にして頬から耳まで熱が移った。

「こ……こんにゃくって？」

後ろ半分を読み取れなかったことにしたところで、動揺はありありと隠しきれず、目の前の顔をゆるゆるに緩ませる。

「ははっ、コンニャクじゃなくて婚約。『結婚して』って言ったら、『いいよ～』って軽く返事くれただろ？」

「だからそれは、ベテルギウスが超新星爆発《ちょうしんせい》する頃のそのうちで……」

「そのうちが、どの『そのうち』でも、つまりそれまで婚約成立ってことでしょ」

吹野は開きかけた口を静かに閉じ、館原の胸元を指差した。無言で両手とも親指を立てるも、館原ではなく自分のほうへとぐいと倒して見せる。

——君には敵《かな》わない。

白旗《しらはた》を上げた。

フィアンセを主張する男は、勝者の笑みで返した。

「響さん、今頃気づいたの？」

——声が聞こえる。

子供の頃に海やプールで抱いたフロートのイルカは、どんなにぱんぱんに膨《ふく》らませていても、中身が空気なのを感じた。弾力はあっても中は空《から》っぽ。空洞からはなんの反応もなく、未だにイルカの鳴き声がどんなものかも知らないままだ。

けれど、館原《たちはら》からは声を感じる。

正確には、声を発する際の振動だけれど、肌と肌を密着させていると伝わってくるものはいろいろとある。

少し高く感じられる体温。しなやかに纏《まと》った筋肉の厚み。

それから、声。

実際、なにか話しかけてもいるのだろう。

耳元でそよぐように動く唇を感じる。

館原は、ときどき聞こえないとわかっていながら話しかけてくる。だいたいはセックスの最中で、きっと聞かないほうがいい内容に違いないと思いつつも、正直気にはなった。

吹野《ふきの》は背中に回した腕を緩《ゆる》め、唇を見る。

「……嘘みたいだな」

言葉尻だけ読み取れた。

「なに…が?」

「ん、響《ひびき》さんが俺のベッドにいるのがさ。ちょっと前まで、レストランの前で寒そうに喋《しゃべ》ってた人が……そう考えると案外近いな、軽井沢《かるいざわ》も」

『ちょっと』をどのくらいと捉《とら》えるかにもよるけれど、車なら映画一本と少しの距離と思えばそう遠くない。

「てか、意外と行動的なんだな響さんって。車飛ばして来てくれるとは思わなかった」

「君が言ったんだろう? 衝動は大事だって」

「つまり、衝動的に俺を食いたくなったってこと?」

「……ばか」

そんなつもりで車を走らせたわけではないけれど、今はベッドにいる。服を脱がし合う傍《そば》から押し倒してきた男を、しっかりと両手で抱き返している。

イルカと違いよく喋る体だ。

「いいじゃん、デザートに俺も加えてよ。『オ・デュ・ラック』でも食べただろうけど」

「デザートはフロマージュブランだったよ。ベリーのソースが濃厚で美味《おい》しかっ……」

言い終える間もなく、唇が降りてきた。

上唇を捲《まく》るようにぺろりと舐《な》める。

「……ホントだ」

なにがホントだかわからない。ぽかんとなると、薄く開かせた唇のあわいを見つめる。

まるでそこにベリーが潜《ひそ》んでいるとでもいうように、するりと舌は忍び入ってきた。

吹野の舌も反応し、震える。柔らかに濡れた縁《ふち》をつっとなぞられ、「んっ」と鼻にかかった吐息が零《こぼ》れた。そのまま深く押し込まれ、擦《す》り寄せ合って絡《から》ませれば、味わっているのはどちらだかわからなくなってくる。

最初から艶《なま》めかしく深い口づけで始まったキスは、幾度《いくど》か角度を変えて重なるうち、逆に潮でも引くみたいに浅くなった。

唇を小さく啄《ついば》まれたり、ラズベリー色に充血した舌を悪戯《いたずら》っぽく突かれたり。

「しん…っ…ら……」

意味もなく名前を呼んだ。

「……ん？」

意味のあるキスで応える館原は、唇を耳元へ。しっとりと耳殻《じかく》の上のほうへ押しつけた。それから耳たぶにも。数秒ずつ、祈りでも捧《ささ》げるように押し当てて、夏に二人の間だけの決まりごととなったキスの言語で伝える。

——好き。

それから——愛してる。

「新《しん》……良《ら》……っ……」

「……響さん、聞こえた？」

うっとりと問う唇。言葉を紡ぐのも愛撫も上手な恋人の口は、冒険でも始めるみたいに肌のあちこちをくまなく辿《たど》り始める。なにも聞こえない。けれど、ちゅっちゅっと音が零れているのが、皮膚に吸いつく感触でわかる。

首筋から鎖骨《さこつ》。胸元から腹部。優しく辿っていたかと思えば、淫《みだ》らに肉を食《は》まれる。体のあちこちに散らばる感じやすい場所。性感帯を舌や唇で可愛がられ、吹野はいつからか「はぁ、はぁ」と息遣いを音にして応えた。

腰が揺れる。片足にまだ引っかかったままのウールパンツを抜き取られる間も身をくねらせてしまい、ピンと張られていたはずのシーツに裸の背で皺《しわ》を作った。

「や……」

前を重たく湿らせた下着を剝《は》がれ、左右に首を振る。羞恥心《しゅうちしん》は衰《おとろ》えずにいるくせして、体のほうは経験値の分だけ期待することを覚えた。

卑《いや》しく記憶を反芻《はんすう》し、勝手に寄せ集めて走り出す。

——ほんの二週間くらいだ。

長く会えなかったわけではない。しばらく国内にいる館原とは、今月も軽井沢で会えたばかり。なのにずっとそわそわと意識していたせいか、体まで焦《こ》がれたようになっていた。

「……あっ…あっ」

張り詰めた中心は、淡い愛撫を唇でいくらか受けただけであっさり弾《はじ》けた。とぷっと軽く吐《と》精《せい》してしまい、自分自身も驚いてそちらを見ると、館原もこちらを見ていた。

目が合っただけで言葉を受け取った気がした。にわかにエスパーとなった吹野は顔を真っ赤にしつつ、下腹部に寄せた男の顔を遠退《とおの》かせようと、つい荒っぽく黒髪を摑んだ。

「なっ、なにも言ってないだろ。早いとか言ってないし……あっ、いや、言って」

失言に狼狽《うろた》える心まで読めてしまった。

吹野は目を二、三度瞬《しばたた》かせてから、ぷっと噴いた。

「……ちょっとっ、なんで俺が笑われないとならないんだよ。いや、響さんのことだって笑ってないしっ、ただ今日も安定の可愛さだなって……響さん？」

もぞもぞと吹野は身を起こし、代わって男を寝そべらせた。

「ぼ……僕も、する」

背を丸めて顔を落とす。

額《ひたい》にそっと唇で触れた。前髪を分けるように埋《うず》め、高い鼻梁《びりょう》へと。彫《ほ》りの深い面立《おもだ》ちの隆起《りゅうき》を確かめて辿り、灯《とも》すようなキスを唇へと移す。

上唇に下唇。順に吸いついても館原はされるがままだった。受け身に徹《てっ》することに決めたのか、脱力していられるのは余裕の表れのようでもある。

喉仏《のどぼとけ》の浮き出た首筋から、鎖骨《さこつ》へ。窪《くぼ》みを尖らせた舌でちろっと舐めると、くすぐったそうに身が竦《すく》んだ。反応に気をよくする。悪戯心《いたずらごころ》がむくりと目覚め、初めての場所にも触れる。

左側の乳首へとキス。胸筋《きょうきん》は立派なのに、うっかり見逃しそうなほど小さい。男の乳首なんて便宜上みたいな存在ながら、自分のそこは最近目立って膨らんできた気がして、理由を想像して頬が熱くなった。

仕返しに強く吸ってみる。

「……コラ」

大きな手で頭を揺すられた。

「なにエッチなことしてんの、響さん……俺の乳首が気になる？」

「だって、いつも……ぁっ……」

自分ばかりが弄《いじ》られると決まったわけじゃない。正しくそう思うも、唇を寄せれば同じ左側をきゅっと指先で摘《つ》まれる。下から伸びてきた手が淫らな妨害行為を始める。

「しんら…っ……」

「……いいよ、続けて？」

「でも……」

「ただのお返しだよ。ほら、俺のも可愛がってくれるんだろ？」

「……ん……うっ、ぁ……」

意地悪な返礼《へんれい》だ。

ぺろっと舌で舐めようものなら、すぐにきつめに擦《こす》って返される。唇で軽く啄《ついば》めば、指の腹での圧迫。二本の指で以前よりふっくらとした乳頭《にゅうとう》を縊《くび》り出され、四つん這いで覆《おお》い被《かぶ》さった吹野は四肢《しし》を震わせた。

「しん、らっ……それっ……」

「……頑張ってくれる分、ちゃんとお礼はしないとね」

「ふ…っ、や……やめ…っ、ぁ…っ……そっち、もっ……？」

唇は一つなのに、恋人の手は二つだ。仕掛けた倍返ってくる。一時《いっとき》もじっとしてはくれず、左も右も揃って弄られ、吹野は頭を振った。

「や…っ……ぁっ……」

堪《こら》えきれずに啜《すす》り喘《あえ》ぐ。色づいた小さな膨らみを執拗《しつよう》に扱《しご》かれ、もう愛撫に集中するどころではない。

「もう終わり？　俺の乳首も育ててくれるんじゃなかったの？」

「……しんら…っ……んっ、ん……する、から、ちゃんと……」

「じゃあ、下も脱がせて……なんか、暑くなってきた」

「あつ…っ…て……」

聞こえたところで、気温だか別の意味だかわからなかったであろう言葉。

吹野は裸身をずらすようにして、館原の黒いパンツに手をかけた。衣類越しに感じる猛《たけ》りに、頬を紅潮させて耳まで赤く染めるのは自分のほうだ。

すべてを脱がし終えると、落ち着くどころか息が上がる。両目まで潤《うる》んでくる。

反応する自分がひどく淫らな存在に感じた。

「……響さん、こっち」

『来て』と促《うなが》されるまま、寝そべる男の腰を跨《また》いだ。それだけでも無防備に両足が開いて心許《こころもと》ない。

「あっ……」

狭間《はざま》に感じた熱。両手で細い腰を捉われ、宛《あて》がわれる。硬く反《そ》り返った屹立《きつりつ》が恥ずかしい窄《すぼ》まりにも触れるのを感じ、吹野は吐息を震わせた。

「しん…っ…ら……」

「……ねぇ、気持ちよくしてくれる？」

「……ん、ん…っ……うん」

まごつきながらもコクコクと頷く。

肉づきの薄い臀部《でんぶ》の谷間で、館原を刺激し始めた。なだらかに張った先端から、弾力のある太い幹《みき》まで。他人の体温なんて以前は感じるはずもなかった道筋で、どうにか捉えようとゆったりと腰を漕《こ》がせる。

圧迫するほど、先走りにぬるりと滑った。

「……体重かけられると、結構…っ……やばいな、これ」

「んっ……ぁっ、ん…っ、ふ…ぁっ……」

声が上擦《うわず》る。ヒクつく喉で、自分でもわかる。

ほんのりと色づいた肌に、達したばかりにもかかわらず緩く上向いた性器。熱が余さず灯《とも》されていく。狭間からも、館原の眼差しからも。淫らな動きを熱っぽく見つめられ、どうにかなってしまいそうに昂る。

吹野の腰は前後だけでなく、左右にも振れた。柔らかな窄まりが嵩《かさ》のある先端で擦れる度《たび》、啜り喘いで腰を振ってしまい、どちらが愛撫を受けているのかわからなくなってくる。

いつもそうだ。キスも、セックスも。

「あっ……あっ、ふ…ぁ……」

「……響さん…っ……お尻でするの、上手…っ…さすがっ、俺の……フィアンセ様だね」

息を乱しながらも、館原は本気だか揶揄《からか》いだかわからないことを言った。

「し…んら…っ……ぁっ……あ…っ……」

「結婚ってさ、つまり…っ……こういうこと、かな。セックスは、俺としかしません……俺専用…になりますって、契約?」

「さ…っ…さいて……」

「サイテー?」

ふっと艶《つや》っぽく笑まれて、ドキリとなる。

最低と罵《ののし》りながらも、自分がどんな表情を晒《さら》したのか鏡でも前にしたようにわかってしまった。

「……響さん」

熱い眼差しに包まれ、名を呼ぶ声が低く響いたのを肌が感じ取る。

「ん…っ……あ……」

「少し、指でも慣らそうか。ね?」

「あっ、ん…っ……しんっ…ら……あっ、や……」

「お尻、上げて。そう……もっと俺のほう、きて」

館原のほうへと上体を傾けるよう招かれ、胸元へ両手をつけば、自然と腰だけ高く浮かせる格好になる。

「あっ……はっ、は…ぁぅ……」

「もう綻《ほころ》んできてる……結構、柔らかいな」

「あっ……さわっ……」

「可愛いな、響さん。俺のでいっぱい入口んとこ擦って、欲しくなっちゃったんだ？」

「……あっ、あ…ぅ…ん……」

指の腹が円を描くようにそこを撫でる。濡れているのは館原の漏らしたカウパーのせいにもかかわらず、否定できない。ろくに頭が回らない。

ふやけた身に長い指を感じた。

ズッと押し込まれていく感触。ぶわりとした快感が、開かれたところから溢れる。館原の言っていることが、的外れなどではないと、二重三重に知らしめてくる。

「んっ、ん…ぅ……や…ぁっ……」

「イヤじゃない嫌じゃない。好きでしょ……響さん、中でイクのは」

「や…っ、あ……ぁん……」

「……もう覚えたろ？　響さんの好きなとこ……いつもココしたら、すぐにイッちゃって可愛いんだよ。ちゃんと忘れてない？」

覚えていてもいなくても、同じことだ。館原の頭の中にいるのはひどく卑猥《ひわい》な自分に違いなく、言葉を読む吹野の眸《ひとみ》は潤んだ。

見つめるほどに濡れてゆらゆら揺れる。

「……はっ……はぁ…っ……は…ぅん…っ、あ……」

指でも言葉でも、どこまでも転がすように嬲《なぶ》られ、次第にぐずぐずになった。最初から濡れてもいた。そこかしこで覚える、蕩《とろ》けそうな感覚。館原の指を飲んだまま、上向く一方の腰を切なげにもじつかせる。

「……もう、する？　できそう？」

コクコクと頷き、しがみついた。

両手を首に回して、もう幾度となく与えられたことのあるそれを欲しがる。

ぎゅっと抱き留めて応える男は、空いた手で幾度か背を撫で、吹野の深いところから二本に増やした指を抜き取った。身をずらしながら上体を起こし、背中をヘッドボードへと預けて、吹野の体を支えなおしてくる。

滑《ぬめ》りを帯《お》びた先端をぐっと宛がわれた。滑らかながら嵩のある亀頭《きとう》から、逞《たくま》しい幹まで。自《みずか》らの体重で飲み込むよう腰を引き寄せられて、吹野は長く尾を引くような声を漏らした。

熱い猛りに貫《つらぬ》かれる。感じるところがぐっと押し上げられ、一瞬で二度目を迎えそうな快感がチカチカとスパークでもするように溢れる。

「あっ……もう、出…っ……」

「もうって……さっきのは量も少なかったけど、甘イキだった？」

「や……あっ、や…っ……」

「まだココ……指しか、してない」

「あっ、だめ……しんら…っ……そこ…っ、強くしたら…ぁ…っ……ん、ん…っ、や……」

指で触っただけでも違いがわかると、館原は以前言っていた。前立腺《ぜんりつせん》の在《あ》り処《か》。敏感な粘膜の壁の一点を強く捏《こ》ねられ、吹野の身は繋がれた腰を基点にしなやかに反《そ》り返った。

背後へバランスが崩れ、慌てて後ろ手をつく。見せつけるように突き出した昂《たか》ぶりからは、ぴゅっと透明な雫《しずく》が噴いて零れた。

「ヤバイ……って、やらしすぎるな、響さん」

「……ひぁ…っ」

ヒクヒクと口を開きそうに震える。鈴口《すずぐち》の割れ目を指で摩《さす》られ、腰が跳ねる。

「……め、らめ…っ……し、ら…っ……すり、やめ……」

「なんて言ってるかわかんないけど……たっぷり虐《いじ》めて？」

「ちがっ……あっ、あ…ぅっ……」

「……そのまま後ろ、両手ついてて」

「しんら…ぁ、んっ……っんっ、ぁ……あぁ…ん……」

「気持ちいい？　よくてたまんないって顔、してる」

頭を振りながらも否定できない。少しも、快感を否定できずに、指で触れられているところからはとろとろと止めどなく先走りが溢れる。

「ふっ、あ…っ……」

「気持ちよかったら、ほら……中して、こっちは扱いててあげるから……響さんの好きなとこは？」

吹野はしゃくり上げる声を響かせながら、腰をぎこちなく動かし始めた。前へと迫《せ》り出すだけでも中が抉《えぐ》れる。涙ぐんでしまい、「感じやすいのも大変だ」と言ってからかわれる。嫌だと思う。なのに、いつも見てしまう。

セックスになると言葉でも嬲る館原を目を逸らさずに見つめ、やっぱり嫌じゃないのだと気づかされてしまう。

唇の動きを読み取るだけでまた、性器が潤んだ。次々と浮かび上がる雫は崩れて幹を伝い落ち、指の腹で拭《ぬぐ》うように掬《すく》い取られる。

恥ずかしい言葉にも感じている。

「んっ……んふっ……」

吹野は、後ろ手の指に触れた引っかかりをぎゅっと摑んだ。先ほど自ら背中で作ったシーツの皺、ドレープに縋《すが》りつく。

「響さん……お尻、鳴いてる。じゅっじゅって、気持ちよさそ……あー、良い音、メッチャや

らしい……クるな、これ…っ……」

自分の上げる淫猥《いんわい》な音に館原が耳を澄ませているかと思えば、堪《たま》らなくなる。美しい旋律を愛し、美しい音に囲まれ、自らもまた人の心を震わせる音を奏《かな》でる男が、酔いしれた表情だ。

まるで、甘美《かんび》な音色でも聞き取っているかのように。

「や……や…っ……」

「逃げない逃げない。腰、ちゃんと戻して……キツイ感じしないけど、滑りが足りないかな。潤滑剤使う？　ああ、こっち……でも、よさそう……」

「あっ、や…っ……あ…ぁん……」

長い指できゅっと性器を扱き立てられた。とろとろに溢れた先走りを、開ききったところへ運んで塗り込められ、吹野は一層《いっそう》顔を真っ赤に染めた。

「響さん、顔もヤバイ……セックス、いっぱいしてんのに……まだ、恥ずかしいの？　これ、俺にされんのダメ？」

「ら…めっ……だめ…っ、ら……」

「でも、気持ちいいよ……もっと、ほら…っ……」

「んん…っ……あっ、あ…っ……」

「可愛いな、響さん……嫌だって言いながらも、俺にこうしてほしくて……飛んできちゃったんだ？　東京までさ…っ……」

ぐっと思いを込めたように突き上げられる。眦《まなじり》をびっしょりと濡らして目を閉じかけた吹野は、舌先でれろっと涙を拭われ、顔を覗き込まれた。

「……はっ……知らない、よな……あの人、響さんが……こんなに、なっちゃってっ……んの」

「しん、ら……」

「今頃、家でゆっくり……してんのかなっ、響さんに送って…っ……もらってさ」

見つめられて、覗き返す。誰もが羨《うらや》むほどすべてを持ち合わせている男の眸に宿った、暗い感情。今もチリチリと種火のように燃やし続けているらしいと、知って驚く。

——ただの仕事相手に嫉妬するなんて。

馬鹿だなと思った。

「……ばか」

言葉にもしていた。自分のほうが何倍も、いくらでもともすれば覚えてしまう厄介《やっかい》な感情だ。

「バカって、ちょっと……」

「……んらっ……だろ?」

「……え?」

「しん…っ……新良、せん…よ……なんだろ?」

「………専用?」

バランスを崩したぐずついた身では、片手を伸ばすのがやっとだった。右手で左腕に触れると、察した館原は体勢を変えて覆い被さってくる。

「あ…ぁっ……」

ぐっと一層深くへ入り込んできた。

「今の、なんだって？」

「しらな…っ……」

「俺専用って話、してくれたんじゃないの？」

「ちゃんと…っ、わかってんじゃ……」

「……わかっってても聞きたい。何度でも聞きたい」

コツリと額を押し合わされた。

いつの間にか、互いにうっすらと汗ばんでいる。重なり合って、重たく預けられた体も、深く繋がれた腰も。汗やその他の体液でぐちゃぐちゃに濡れているのに、少しも不快じゃない。それどころか、体の奥がきゅんと吸いついてうねって、ひどく悦《よろこ》んでいる。

そんなことが起こる感情はただ一つだ。

「響さん……好き。やっぱ、大好き……響さんは？」

吹野は、ゆっくりと濡れた眸を瞬かせた。

「……すひ」

「はは……よれてるし、もう一度言って」

「ひみが、す…き」

「またちょっと、よれた」

手を掲《かか》げる。男の頬を包み込んで、伝わらなかった言葉を嚙みしめるように告げなおした。

「……君が、好き」

目は口ほどにものを言う。もう何度も伝えたはずの想いにもかかわらず、館原の眸はパッと輝き、次の瞬間にはうっとりと細める。まるでクルクルとよく表情を変える万華鏡《まんげきょう》のようだ。

「発音、完璧。サイコーだね」

どの表情だろうと美しい。魅力的に違いない。

吹野はふっと微笑《ほほえ》み、館原はドキリとしたような反応を見せる。

「響さん？」

答えの代わりに頭を擡《もた》げた。

唇を掠《かす》め合わせれば、すぐさま引力でも生まれたみたいに、恋人からも降りてくる。言葉をキスの言語へと替えて、押し合わせたり吸いついたり。濡れた口腔《こうこう》の温度を感じながら、身の内ではぐっと力を漲《みなぎ》らせる男を感じた。

「……ぁっ……ふ…ぁ……」

じっくりと味わうような抽挿《ちゅうそう》が始まる。張りの強い先端で、甘く疼《うず》き続ける場所をゆるゆると抉られ、吹野は堪えきれない声を振り撒《ま》く。

「すき、しんら…っ……好き」

——ちょうどよかった。

素直になれない自分には、ちょうどいい。

か行の発音が苦手なのは本当だけれど、よれて突っ込まれるのは実はちっとも嫌ではなかった。言い直す度《たび》に想いを言葉にできる。

いつからか、そんなズルさを身につけてしまった。

幸い、まだ気づかれてはいないようだけれど。

「……響さん？」

また笑みが零れる。吹野から、館原のほうから、どちらからともなく。

「新良、すひ」

「また、よれたってば……」

「好き」

言い直した分だけ、館原からも返ってくる。幸福のままに繰り返すうち、深まる快楽に揃って飲み込まれて、その瞬間が近づいているのを熱い身の奥でも感じた。

「ああ……やばい、響さんの中、気持ちいい…っ……」

「んっ……しん、ら…っ……」

波に攫《さら》われる。大きな波。

波打ち際でちゃぷちゃぷしていたって連れていかれるような衝動の高波に引き込まれ、吹野はしっかりと熱い体を抱き留めた。揉まれた身体をくねらせながら、恋しい男と泡一つも入り込めないほどぴったりとくっつき合い、解放の悦びに満たされた。

世界は、いつも現れたり消えたりを繰り返す。

吹野の世界は、ほかの人よりオンとオフが明らかだ。暗がりでは目蓋《まぶた》をゆっくりと閉じたり開いたりするだけで、スイッチでも存在するように、忙《せわ》しなく終わったりまた始まったり。視界を閉ざせばぱったりと情報が減る分、開ければ飛び込んでくる世界はより鮮《あざ》やかに生き生きとして見えた。

薄目を開けただけでも。

強い日差しと歓声。夏の賑《にぎ》やかなビーチの景色もいつもそうであったように。

『響さん、もうおねむ?』

腕を回した壁が揺れる。目を開けると、太陽のように眩《まぶ》しく画面の白く光るスマホが、人の体の形をした壁の向こうから昇っていた。

館原が文字を入力して見せたのは、吹野のスマホだ。勝手に使うなんてという抗議は、今はする気にならない。事後、ベッドでの脱力タイムに恋人をごろりと横臥《おうが》させ、唇の読めない背後に回りたがったのは吹野自身だ。

　広い背中に触れるのが新鮮だった。

「おきてる」

　とりあえず答える。

『言ってくれたらチケット取ったのに』

　またスマホが肩の辺りから覗く。にょきっと光が生えるみたいだ。肌は震えないので、一切喋ってはいないのだろう。

「……ちけっと？」

『明日のイベント』

「ああ、自分で取れたよ。まだ一階も残ってた。後方だけど、君の出演発表前に教えてもらえたからね」

『西上《にしがみ》さんに頼めば、もっと良い席用意してもらえるかも。こっちは無理矢理に仕事ねじ込まれてんだから、それくらいはやってもらわないと!!』

　赤い絵文字のビックリマークつきだ。しかも二つ。吹野は思わず笑い、ふふっと掠《かす》めた吐息にくすぐったそうに『壁』が身じろぐ。

「席には拘《こだわ》らないよ。君には目の前で演奏してもらってる曲も多いし。アンコールはポンセの『エストレリータ』の予定なんだって？」

何気なく言ったつもりが、返事が途絶えた。筆談はタイムラグがつきものとはいえ間が長い。自分との会話はいつもこんな感じだったのだろうかと頭を巡らせ、ふっとスマホが掲げられた。

『エストレリータは先生を思い出す』

「え……菅井《すがい》先生？」

『最初に会ったとき、試しになにか弾いてみてって言われて弾いた曲』

館原には師事《しじ》した音楽家が二人いる。日本の恩師《おんし》にあたる菅井とは、小学生の頃に父親の繋がりで紹介されたと聞いている。

『あんまり良い思い出でもないけど』

「えっ、そうなの？」

『第一印象は良かったよ。奥さんの手作りマカロンも美味《おい》しくて、まだ覚えてるくらい』

「……第二印象は？」

『君に教えることが僕にあるかなぁなんて、笑って迎えてくれたくせして、練習に入ったら怖いのなんのって』

「そんなに厳しいの？　優しそうな人だけど」

『物腰が柔らかいだけに、言葉がじわっと刺さって抜けないっていうか。「ああ、もう見えなくなってしまったよ」ってダメ出しされて、凍りついたね。見えるってなに？　音楽なのに霊《れい》視《し》でもしてんのって！』

赤いビックリマークがついた。小気味いいほどの勢いで入力を繰り返すも、ここにきて急にまた鈍《にぶ》った。

「新良？」

続きはやめたのかと思いきや、ぽつりとした言葉を見せられた。

『なんか、無理っぽい。やっぱりすぐにいいこと思い出してしまう』

先生へのダメ出しは虚勢《きょせい》だったらしい。

パタリと入力は途絶え、吹野はただそっと背中に額を押し当てる。

祈るように言った。

「明日も楽しみだけど……来月はシベリウスだね」

『響さん、来てくれるよな？』

「もちろん、すごく楽しみにしてる。もう予習もばっちり」

強調して言うと、少し男の身が揺れた。笑ったらしいことにホッとする。

『ていうかさ、そろそろそっち向いていい？　なんで後ろにいんの？』

「まぶしいから」

『明かり避《よ》けかよ。さすが響さん。さっきまでアンアン可愛くないてたくせして』

「人のスマホに変なこと書かないで」

すいっと筆でも下ろすように背筋を一撫でするど、ひゃっとなった男は身を捩《よじ》った。

意外なウィークポイントの発見か。文具店のペンコーナーで試し書きでもするような気分で、軽くなにかを書こうとして吹野は手を止める。

少し考え、丁寧に指を走らせた。

「ちょっと、こそばゆい…っ！」

激しい揺れは抗議の声か、スマホも見せられる。

『なに書いてる？』

「当ててみて」

『ま』

「はずれ」

『まき？　薪割《まきわ》りしろ？』

「外れだってば」

『まかろん？　作ってくれるとか？』

「一旦『ま』から離れよ？　四文字も書いてないし、作ってあげてもいいけど」

ははっ、とつい笑ってしまう。新たなウィークポイント、館原の不得意でも見つけたかと思いきや、さっくりと核心に迫ってきた。

『すき』

「違う」

『いやそうでしょ』

「違うよ」

埒《らち》があかないと思ったのか、館原はバッと振り返った。

「今の絶対そうだって！」

「まだ続き、あるから」

すきー、すきやき、すきまじかん、すきるあっぷ、いろいろある。

「書こうとしてなかったじゃん。続きいつ書くの？」

「そのうち」

館原は強引に寝返りを打ち、体を完全にこちらに向かせると眼差しを和《やわ》らげた。

最近、吹野が好んで使いたがる四文字のワードだ。

「しんら……なに？」

「ベテルギウスとやらの超新星爆発《ちょうしんせい》はすぐに来てくれてもいいけどさ。こっちは永遠に来てくれなくていいほうの『そのうち』だな」

ゆっくりと言葉を噛みしめるように、恋人は言った。


「館原《たちはら》くん、エントランスのお花は見た？　こないだ、代役引き受けてくれたお礼ですって！

スタンドよ、ブルーカラーで素敵！」

マネージャーの西上《にしがみ》は、楽屋に飛び込んでくるなり言った。鮮《あざ》やかなオータム色のパンツスーツは山の紅葉を思い起こすも、東京はまだ街路樹がようやく色づき始めたばかりだ。

それでも、月は十月へと変わった。

帝京フィルハーモニー交響楽団のコンサート。慣れた都内のホールに馴染みのオーケストラながら、館原にとっては特別な日だ。これまで幾度《いくど》となく演奏してきたシベリウスの協奏曲が特別な意味を持ち、心を占め続けていた。

菅井《すがい》を迎えることが叶わずとも。

「いや、まだ。後で見させてもらうよ。辻岡《つじおか》さん、退院なさったそうだね、よかった」

控室のソファで、館原はヴァイオリンの調弦《ちょうげん》を終えたところだ。

「代役のこと、真面目な方だから気にしてたのねぇ」

「引き受けざるを得なかったのは、辻岡さんのせいでもないけど」

「あら、私のせいだって言うのかしら？」

「うーん……まぁ、自分のせいかな。やる気になってしまったからしょうがない」

自分の中のなにかが、あっさりと首を縦《たて》に振らせてしまった。

——一年前には存在しなかったはずのなにか。

「そう言えば、結局アレも引き受けたそうね」

西上は連鎖的《れんさてき》に嫌なことを思い出したらしい。不本意極まりないといった表情ながら、それ以上は溜め息ですませる。

「反対しても無駄だよ？」

「わかってるわよ、もう。あなた、ＳＮＳで仄《ほの》めかしてたでしょ？　久しぶりにツイートしてると思ったら、『来年は新しい挑戦はじめまーす』ってなにあれ」

「不言実行《ふげんじっこう》もいいけど、言葉にすると身も引き締まるし」

「そのわりに言葉軽すぎじゃない？　『まーす』って、ＳＮＳは宣伝効果もあるけど諸刃《もろは》の剣《つるぎ》なんだから、気をつけてよね。はぁ、まぁいいわ、働きたい人にはどんどん働いてもらうから！」

語調の強さに苦笑しつつも、館原は応《こた》えた。

「お手柔らかに頼みまーす」

一瞬向けられた眼差《まなざ》しが氷だ。

とはいえ、納得してくれたマネージャーは、入ってきたときと同様にバタバタ出ていく。嵐のように失せてホッとしたのも束《つか》の間、ドアが鳴った。

慌ただしくバッと開かれた。

西上が戻ってきたのかと思いきや、シックなグレーのジャケット姿の吹野《ふきの》で驚く。『どうぞ』の返答のわからない吹野は、いつもならそろりと開けて様子を窺う。

「あ……ごめん、急にっ」

「どうしたの？　なんかあった？」

「いや、ひゃぐ席に知り合い見かけて、逃げてひた」

発音すらよれよれだ。動揺がすぎる。

「知り合いって？」

吹野にそこまで狼狽《うろた》えさせる知人が想像できない。訝《いぶか》ると、バツが悪そうに答えた。

「あー……母さんと、姉さん」

「って、響《ひびき》さんの家族が俺のコンサートに？」

「うん、二人とも昔から『館原新良《しんら》』のファンだからね」

「えっ、そうなんだ？　初耳」

二重の驚きだ。

けれど、違和感はない。別荘のリスニングルームのコレクションや、ヴァイオリンを習い始めていた吹野の幼少期、クラシック音楽好きの一家であるのは確かだ。

すぐに出るつもりか、手招いてもソファに座ろうとはしない吹野を仰《あお》ぐ。

「そういえば響さん、東京に戻ってるのも家族には言ってないんだっけ？」

「そう、だから今会うと面倒だなって」

「本の発売……以前に、刺繍《ししゅう》やってることすら、まだ親は知らないんだったよな……俺が口出すのもなんだけど、話しておくべきじゃないかな」

——罪悪感があるのは、自分のほうか。

先月の終わりの急な来訪に続き、今回も吹野は自分のマンションに泊まっている。

吹野は気まずそうにしつつも、覚悟を決めたように言った。

「実は今、エプロンを作ってる」

「エプロン？」

「刺繍入りのね。母さんは料理好きだし、今は間に合わせのエプロン使ってるみたいだから。本が無事に発売したら一緒に渡そうかと思って」

「サプライズプレゼントか、びっくりするだろうな」

「子供の頃は、僕の病気のせいで悪いほうのサプライズだったからね。今度は良いサプライズになればって……まぁ僕の自己満足で、喜ぶかわからないけど」

なにかこれと決めたきっかけでもなければ、今更打ち明けづらいのだろう。親孝行のギフトにもかかわらず、吹野はどこか身の置きどころない顔をしている。悪戯《いたずら》を母親に打ち明ける前の子供みたいだ。

「そんなの、嬉しいに決まってるって！　道端で踊り出すようなサプライズでもないんだし」

力強く鼓舞《こぶ》すれば、言い草に吹野は小さく噴いて笑顔を戻した。

「きみも、くる？」

何気ない言葉を聞き逃しそうになる。

「……え」

「この調子だと、会場で鉢合《はちあ》わせるのも時間の問題だし。うちに来てくれたら、家族に紹介するよ」

「……フィアンセとして？」

「友達としてだよ」

肩透かしのような、胸を撫で下ろすような曖昧《あいまい》な気分。

「なんだ、そっか。そうだよな、俺にも心の準備ってものが」

「さっきから全然緊張してるふうじゃないけど？　新良、緊張知らずだよね」

小一時間もしないうちに舞台に立つ男の準備すべき心は、そこではないと言いたげだ。

館原は普通だ。ただ、いつもより少しだけ心地よく張り詰めているというだけ。

「僕は緊張する。家族は、僕の変化の理由を知りたがるに決まってるし。きっと、君が良い影響を与えてくれたと思うんじゃないかな」

「響さんだって、俺に良い刺激を与えてるよ」

「……どうだろ」

「人と人が出会って、なにも変わらないほうが、かえって難しいって。空気じゃないんだから」

そんな風に人との繋がりを思うようになったのも、出会ってからだ。

吹野と自分。ボールでも投げ合うように影響し合っている。

いや、ボールではなく織物の糸か。

ポリフォニーで紡《つむ》がれるフーガの協奏曲のように、目の前にいようと、そこにいまいと、互いを意識し、呼吸を感じ合い――

「……そうそう、実はさ、来年は新しいチャレンジもしてみようと思ってて」

「チャレンジ？」

「弾《ひ》き振《ぶ》りをね、やってみようかと。まだ早いって反対されたりもしたけど」

「えっ、君がしひもやるってこと？」

驚きが発音に滲むところさえ、愛《いと》しく思える。

館原は頷き、微笑《ほほえ》んだ。

「不安もあるけど、ワクワクしてるな。勉強時間が増えて、響さんに会える時間が減るのだけは勘弁かなぁ」

素直に甘えを滲ませれば、恋人からは望みどおりの答えが与えられた。

「邪魔でなければ、また東京にくるよ」

「来てくれないと、ベランダのハーブも増えすぎるしね。ローズマリーとか使い道わかんなくて、観葉植物化してんだけど」

「じゃあ、使える献立《こんだて》も考えておかないと」

「やった、手料理楽しみ！」

館原は無邪気に喜ぶ。吹野はソファの背後に回り込み、そろりと身を屈《かが》ませた。

耳元で響いた『頑張って』の小さな囁き。今は二人きりの控室だ。こそこそと伝える必要もないだろうと思いきや、同時に掠《かす》めるように触れた。

左の耳たぶで確かに覚えた、唇の温かさ。キスの言葉。

——愛してる。

館原は目を瞠《みは》らせ、耳に手をやった。

「……響さん、今の」

吹野は頬をうっすら色づかせつつも、素知らぬ口調だ。

「やっぱりまだそのクロス、チーフ代わりにしてるんだと思って」

「違うだろ、今くち、口が、唇が耳たぶに当たったし！」

館原は、今日はブラックシャツにピシリと身に沿う仕立てのジャケットだ。胸ポケットに覗かせた白い布を確認する振りで、恋人は誤魔化《ごまか》そうとした。

ホワイトチーフとして今日も収まったクロスの片隅の刺繍は、幸運のクローバー。

心強いお守りがある限り、緊張とは無縁だ。

耳たぶへのキスについて、「言った」「言わない」と不毛な問答《もんどう》を繰り広げていると、ドアがまたコンコンと二度鳴った。

今度こそ西上が戻ってきたと思うには、控えめな音だった。ノック一つで人柄もわかろうというもの。「どうぞ」の声かけに、来客に気がついた吹野も振り返る。

扉が開き、館原は息を飲んだ。

思わず立ち上がっていた。

「静枝《しずえ》さん」

菅井の妻の静枝だ。オリーブ色のワンピースに上品なベレー帽が目を引く。レッスンに自宅を訪れていた遥か昔から、纏《まと》う雰囲気が菅井に似ていて、どこか鳥の番《つがい》を思わせる夫婦だった。

それだけオシドリ夫婦で、お似合いだったということか。子供ながらに感じとっていたのだろうけれど、オシドリよりも遠く旅する渡り鳥のほうがイメージは近い。

遥か北の国から飛来《ひらい》する鳥。

「来てくださったんですね。わざわざすみません」

館原は恐縮《きょうしゅく》した。菅井が亡くなった後は、神奈川の娘夫婦の元で暮らしているという。

「とんでもない。今日はお招きありがとう。あの人の分もとても楽しみにしてたのよ」

葬式以来の夫人はいくらか痩《や》せた気がするけれど、げっそりということもなく、フフッと穏やかに笑む。館原の隣で、「じゃあ、僕はこれで」と吹野が言った。

いてくれてもいいのに、引き留める間もなく夫人に会釈《えしゃく》をして出ていく。

音もなく柔らかに閉じられたドア。

「ごめんなさい、お話し中にお邪魔だったんじゃないかしら？」

「いえいえ、話は終わったところです」

ソファを勧めるも、「ちょっと挨拶《あいさつ》に寄らせてもらっただけだから」と座ろうとしない。そのくせ、なにかまごつく夫人は、両手で持った黒革のハンドバッグに視線を向けた。

「今日はね、実はあなたに渡すべきか迷っていたものを持ってきたの」

「え？」

「あの人からの、あなたへの手紙」

言葉にならず、館原は夫人の目を見つめ返した。

「だと思うんだけど、実は書きかけで……でも、渡しておくわね。一部でも、あなたに伝えたかったことではあると思うの。あの人、あなたの活躍をずっと喜んでたから、どうか受け取ってあげてね」

気がついたら、手に白い封筒を持っていた。

そんな感じだった。

夫人から手渡された瞬間も、その後にいくらか交わした会話もぼんやりしたまま飛び飛びの記憶になり、気がついたら楽屋で一人突っ立ったまま封筒を手にしていた。

館原は自分の手を見た。あと少しで弓を握る右手に、不意に現れたかのような手紙。読めば演奏が変わってしまいかねないと、ここにきて初めて緊張を覚えた。

それでも、菅井の手紙を開かない選択肢などなかった。

客席についた吹野は、軽く天井を仰いだ。

柔らかに降りそそぐ光を感じる。

木漏れ日とも、窓越しの白い日差しとも違う。もっと細かに小さく砕《くだ》いて滑《なめ》らかに粒を研磨《けんま》したような、肌当たりの優しい光だ。

まもなく開演という時刻。落ち着いた華やぎのあるコンサートホールを、心地よく満たすざわめき。ふと傍《かたわ》らの通路に立ち止まった人の気配を感じ、吹野は顔を向けた。

「あら、あなたはさっきの」

ベレー帽の夫人だ。

「あっ、先ほどは失礼しました。どうぞ」

吹野はさっと立ち上がり、空席だった隣へと促《うなが》す。

──一人で来るそうだから、なにかあったらサポートしてほしい。

館原からは事前にそう頼まれ、隣席なのは知っていた。自分を頼りにしてくれたのは嬉しかったけれど、夫人は足取りも確かでシャンとしており介添《かいぞ》えは不要のようだ。

「新良くんのお友達かしら？　たぶん、初めてお会いするかと……」

朗《ほが》らかに話しかけられるも、着席して体勢を整えつつの会話で口元が読めなくなる。

吹野は口を開いた。

その瞬間、思い出すこともなかった。

かつて自分が東京を離れた理由も、館原新良のコンサートで膨《ふく》らませたコンプレックスも、頭に過《よ》ぎらせることなく吹野は口にしていた。

「すみません、僕は耳が聞こえないんです」


『――新良、これを君が読む日も遠くはないだろう。そう思うと、不思議な気がするね。別に遺書というわけじゃない。ただ、久しぶりに君に会えたのが嬉しくて、書いてみたくなったんだよ。君が見舞いに来てくれる度《たび》、出会った頃のことを思い出すんでね。』


手紙の文字に菅井らしさはなかった。

館原が開いた便箋《びんせん》には、筆圧《ひつあつ》の弱い字が震えるように並んでいた。

何度か見舞いには行ったので、いつだかはっきりしないけれど、だいぶ状態が悪いときに……あるいは、悪くなってから書かれた手紙だろう。

元々、文を書くのも好きな先生だった。

なにかと長文になりがちだったから、便箋一枚と半分の手紙は、まだ書き出しに過ぎなかったのかもしれない。文の途中でばっさりと途切れており、書きなおすつもりだった可能性さえある。

それでも、読めてよかったと思った。

自分が目を通そうと、通すまいと、菅井がペンを取って書き綴《つづ》った時間が存在したことに変わりはない。

見えないところでも音は鳴っている。

ポリフォニーのように、人はそれぞれに息づいている。自分という抗《あらが》いがたい枠《わく》の中で、菅井も戦い抜いて去ったのだ。

白い封筒に収め戻しながらも、読み終えたばかりの手紙の内容は、心に焼きつきスクロールでも始めるように蘇《よみがえ》る。

ノックが響く。時間だ。さっきまでは触れることもなかった恩師の思いを胸に、館原はヴァイオリンと弓を手にした。

「まぁ、そうなの。ごめんなさい、気がつかなくて」

夫人の戸惑いを、吹野は極自然に受け止めた。

「お話は口元でわかります。ああ、正面でなくても、横顔でもだいたい理解できますので」

以前だったら、スマホに用意した文を初対面の相手には見せていた。スムーズにコミュニケーションをとるための定型文ながら、味気なさは否《いな》めなかった。

発話《はつわ》では、語尾一つ、呼吸一つでも空気はがらりと変わる。ニュアンスが伝わる。

なにより、スマホを出さずに会話できるのは解放された気分だ。館原にとってのヴァイオリンが身の一部であるように、自分にとってのスマートフォンも声であり耳であると思っていたけれど、便利な道具にすぎなかったのだと今はわかる。

「びっくりさせてしまって、すみません」

「こちらこそ、全然気がつかなくって。今も自然に話してらっしゃるし」

夫人は気恥ずかしげに口元に手をやり、「あっ」となった。

「隠したらお話しできないのよね。もっと丁寧にお化粧をしてくれればよかったわ」

冗談めかして言う。茶目っ気のある人柄なのかもしれない。そういえば、口元に注視していると女性はそわそわしがちでもある。

読話《どくわ》を嫌がっての反応でもなかったのか。

入口で配られたプログラムを感慨深げに開きながら、夫人は言った。

「今日はね、主人の代理みたいなものなの。新良くんのシベリウスを聴きたがってたから。あなたもお好き？」

極自然に、健聴者《けんちょうしゃ》であるかのように問われた。

吹野はさすがにまごつく。

「新良くんのヴァイオリンがお好きで、今日は来られたんでしょう?」

「……ええ、彼のヴァイオリンがとても好きです。見て楽しむと言いますか、聞こえるわけではありませんけど」

遠慮がちに告げると、微笑みが返った。

「いいじゃない。『音楽はね、楽しみ方より、楽しめるかどうかが重要なんだよ』ってあの人よく言ってたわ」

「そうなんですか?」

「聞こえてたって響かなきゃ意味がないでしょ」

夫人は自身の胸を指した。

まるで手話《しゅわ》を知っているかのように、「ここにね」と左の心臓の辺りを示してぐるりと円を描く。

『心』とその手は語った。

『――新良、君の演奏を初めて聴いたあの日を、今でもはっきりと思い起こせるよ。

僕はベランダに立っていた。いつもの居間で静枝が始めたかぎ針編みのカバーをかけたくたびれたソファに座っているのに、君の音を聴いた瞬間、ベランダにいたんだ。

暮れなずむ空の星を見ていた。

エストレリータ、小さな星と愛を歌ったあの曲のことだよ。

もっと君の映す夢の続きを見たかった。あのときは、途切れてしまったのが残念でね。

僕の言葉の意味がわからず、きょとんとしていた君を覚えている。黒目がちの澄んだ瞳のことも。今では僕を悠々《ゆうゆう》と見下ろす君が、真っすぐに僕を仰いでいた。山の頂《いただき》でも仰ぐみたいにしてね。

あの少年が、今では世界を魅了するハンサムな青年ヴァイオリニストだ。

どうかな、僕が自慢に思うのも無理はないだろう?』

舞台袖《そで》に立つ館原の前を、オーケストラのメンバーがぞろぞろと歩きだしていく。それぞれの愛器を手に、心地いい緊張感と誇《ほこ》りを覚えながらステージに出る背中を見送る。

いつもの眺めだ。

今日は自分もすぐに出番だ。通常は序曲から入るプログラムが多いところ、一曲目から協奏曲で入る。

シベリウスの『ヴァイオリン協奏曲ニ短調 作品47』。

ようやくこの日が来た。

今ならば、あの日の菅井の言葉も理解できたかもしれない。

音には形がない。どれほど美しく深い旋律も、捉《とら》えどころなく鳴った傍《そば》から失せていく。一つとして同じ演奏はなく、コンサートは一期一会《いちごいちえ》。観客は少しでも多くの情報を受け取ろうと、真摯《しんし》に耳を澄ませてくれている。

耳も、目も、心も。研《と》ぎ澄《す》ませて、そう。

だからこそ奥行きのある演奏が求められる。

自分に夢を見せることが可能と言うのなら、いつか菅井に教えられたように、そこへ連れ出さなければならない。

今日の満席の観客のすべて。

菅井の大切な人も。

——自分の愛する人も。


『——新良、僕は君の前では先生だったけれど、これからはまた生徒に戻るのかもしれないね。行ったことのない場所だから、僕も知らないけどね。でもきっと、そこは素晴らしい場所ではないかと思う。もしかすると偉大な音楽家たちに会えるかもしれず、ふと童心《どうしん》に返ったようにワクワクするよ。そんな奇跡がなくとも、奇跡が起こりえると今思えることが重要なんだ。

目で見るものばかりが光ではない。

心に射《さ》す光ほど頼もしいものはないよ。

君の音は光を想起させる。多くの人が、それを感じている。受け止めている。僕だけではない。

新良、あの日君が奏《かな》でた小さな星に僕が見たのはね、』

ふつりと途切れた手紙の続きを始めるように、館原もステージの中央へ向け歩き出した。先を行くマエストロが拍手を浴びながら、指揮台に上がろうとしている。手前がソリストの自分の定位置だ。

柔らかに降りそそぐ光を感じる。木漏れ日とも、窓越しの白い日差しとも違う、そこかしこで発光する粒子《りゅうし》のような光に包まれながら、客席に深く一礼して視線を送る。

ベレー帽の夫人の姿と、吹野の顔がすぐに見て取れた。

目が合う。

今しがた別れたばかりの男と、またここで再会した。繋がりとはそういうものなのかもしれない。

それぞれの時間を過ごし、再び時間を共有する。すべては止《や》むことなく、絶え間なく動き続けている。

吹野の時間も、自分の時間も。

そしてまた、巡り合う。

ポリフォニー。再び出会い確かめ合うそのとき、同じ分だけ互いに熱量を上げていられたなら、なおのこといい。

やぁ、また会ったね——とでも言おうか。

思わず唇を動かしつつ、館原は左足に軽く重心《じゅうしん》を移し、いつものようにヴァイオリンを構えた。

あの星へ、共に旅に出る。


ふっと明度《めいど》が落ちるように、客席のざわめきが静まったのを吹野は肌で感じた。

プログラムを閉じた夫人も隣で居住まいを正し、吹野も自然と姿勢を整えつつ、ほどよく力は抜いて座席に背を預けた。舞台袖からオーケストラのメンバーが現れ、柔らかな拍手に迎えられながら着席していく。

一呼吸置いたところで館原も現れた。

目が合った。

微《かす》かに動いた唇が、『ただいま』と言ったような気がした。きっと、ただの予測違いだ。母音で言えば、ああいあ。本当は、自分の目に映る唇の動きはそんな単純なものだったりする。

母音以外の音を大きく振り分けているのは想像力だ。文脈や状況。期待と不安。希望に失望。意識にも上《のぼ》らないでいる心の奥。目にも見えない場所にもやりと堆積《たいせき》したものが、フィルターとなって四方に仕分けし、思いを読み取っている。

なにも特別な能力ではない。日本語には同じ読みの単語が五万とあるにもかかわらず、みんな上手に聞き分けている。もれなく誰もが、無意識に想像を繰り返している。

音が聞こえずとも伝わるものがあり、目に見えずとも伝わるものもあり、考えてみればこの世界は可視域《かしいき》にも可聴域《かちょういき》にもないもののほうがずっと多い。

けれど、確かに存在している。

たとえ、目にも耳にも響くことがなくとも、心という形ない器《うつわ》の中に。

時々取り出してみる。眺めてみる。左の指に乗せる、君のくれた星の光のように。その存在を確かめては、輝きに安堵して、胸躍らせて、君に今日も恋をする。

そっと目蓋《まぶた》を閉じた。

暗転させても、世界はどこにも行かずにそこにある。薄目を開けると、構えたヴァイオリンに軽く顎《あご》を添える彼の姿が見えた。まるで、さあ始めようとでも言うように。

あの星へ、君と旅に出る。

吹野は目を開けて、きらきらとした世界の輝きをその眸に映した。

あとがき …………… AFTERWORD

—砂原糖子—


月の光、アヴェ・マリア、ひなぎく、ロマンス、タイスの瞑想曲《めいそうきょく》、あとなんだったかな⁉

前作はラッキーアイテムを決めるのに迷いましたが、今回は館原《たちはら》が先生の前で弾いた曲に悩み、選んでは変え、選んではやっぱり変えを繰り返し、ポンセの曲に辿り着いてようやくしっくりきました。

エストレリータ！　こんにちは。お久しぶりになります、砂原《すなはら》です。

ゆったり調の小品《しょうひん》でロマンティックなタイトルのついた曲が意外と少ないことに気がつきました。そもそもタイトルのない曲が多い。記憶力の怪しい私は、いつまでたっても作品番号では覚えきれず（覚えてもすぐ忘れる。正直言うとタイトルがあっても忘れる）、世の音楽家の方々はどうやって膨大《ぼうだい》な作品名を覚えているのだろうと思います。そんなところで躓《つまず》いていたら、暗譜《あんぷ》はもっと大変なわけですが！　感心するポイントのレベルからして低い！

さて、「吹野《ふきの》街へ行く」篇です。その昔、大好きなトムとジェリーに「ジェリー街へ行く」という話がありまして、語感が好きでどうしても言ってみたくなります。

ツンに始まった吹野が微《び》ツンを経て、自《みずか》ら館原の元へ出向くデレを目指したいと、続篇を書かせていただきました。雑誌掲載から二年越しの文庫化になりましたが、シリウスの話もようやく書けて楽しかったです。デレがデレデレに？　何気に婚約まで果たし、私が置いてけぼりになりそうなほど意外と甘い二人です。

「バイオリニストの刺繍《ししゅう》」そして今回の作品と、二人をロマンティックに盛り上げてくださった金《かね》先生、ありがとうございます。文庫の余白ページや雑誌のコメントに添えられたイラストも可愛くて、萌えをもらいました。本音がダダ洩れている可愛らしい吹野で、館原が知ったら悶絶《もんぜつ》すること間違いなしです。いろいろとリクエストにも応《こた》えていただき、ありがとうございます。プロポーズなシーンも素敵で、今から仕上がりが楽しみです！

今作はいつも以上に多くの方のお世話になっています。なんと新書館にはヴァイオリンの弾ける編集さんもいらっしゃって、私はそれだけでもう興味津々《しんしん》興奮が抑《おさ》えきれないわけですが、瑠音《るね》とのクロイツェルなど演奏シーンを中心にご確認いただきました。大船に乗せてもらった安心感！　そして、不甲斐《ふがい》ない私をいつも導いてくださっている担当さま、この本に関わってくださった皆さま、ありがとうございます。

たくさんの方のお力添えで一冊にまとまりました。

手に取ってくださった皆さま、本当にありがとうございます。

どうか楽しんでもらえる作品でありますように。またお会いできる機会がありますよう！

2023年4月　　　　砂原糖子。

この本を読んでのご意見、ご感想などをお寄せください。
砂原糖子先生・金ひかる先生へのはげましのおたよりもお待ちしております。

〒113-0024　東京都文京区西片2-19-18　新書館
[編集部へのご意見・ご感想] 小説ディアプラス編集部「オリオンは恋を語る」係
[先生方へのおたより] 小説ディアプラス編集部気付　〇〇先生

- 初出 -
オリオンは恋を語る：小説DEAR+21年ナツ号・アキ号（vol.82,83）
シリウスは愛を奏でる：書き下ろし

[おりおんはこいをかたる]
オリオンは恋を語る

著者：**砂原糖子**　すなはら・とうこ

初版発行：2023 年5月 25日

発行所：株式会社 新書館
[編集] 〒113-0024
東京都文京区西片2-19-18　電話（03）3811-2631
[営業] 〒174-0043
東京都板橋区坂下1-22-14　電話（03）5970-3840
[URL] https://www.shinshokan.co.jp/

印刷・製本：株式会社 光邦

ISBN978-4-403-52574-2